縁切寺お助け帖

姉弟ふたり

田牧大和

目次

駆込ノ一——秋山尼、怒る

今年の夏の鎌倉《かまくら》は、飛び切り暑い。

蒸し暑さは少ないが、外へ出るとじりじりと肌を焼く日差しが、真っ直ぐに照り付けて来る。

蟬の鳴き声も心なしかうんざりしているように聞こえる。

恨めしいくらい良く晴れた昼下がり、女がひとり、東慶寺《とうけいじ》中門外、石段の下で剣術の鍛錬に励んでいた。

歳は二十五、上背は普通の女子《おなご》とさして変わらないが、その身から放つ静かな気と隙の無い佇《たたず》まいのせいで大柄に見える。

青年剣士のように頭の高い位置でひとつに括《くく》った黒髪が、木刀を振るうたびに揺れている。いで立ちも、浅葱《あさぎ》色——明るい青の小袖《こそで》に、留紺の袴《はかま》と大層凜々《りり》しい。

赤みの濃い唇は真っ直ぐに引き結ばれ、形のいい額に汗がにじむ。通った鼻筋、双眸《そうぼう》に宿る強い光、すべてが、女の匂いを全く感じさせない癖に人の目を惹《ひ》きつける、美しい女だ。

微《かす》かに目尻《めじり》の上がった大きな瞳《ひとみ》は、光の当たり方によって、黒よりも微かに淡い濃い鋼《はがね》色を纏《まと》う。

この女、名を茜《あかね》という。

本当なら、剣術、柔術の「弟子」、東慶寺尼僧の桂泉尼《けいせんに》の稽古《けいこ》をつけているはずなのだが、何しろこの暑さである。

かつて水戸《みと》徳川《とくがわ》家の姫に仕えていた折、桂泉尼はほっそりとした奥女中だったのだが、主《あるじ》の姫——只今《ただいま》の東慶寺蔭涼軒《いんりょうけん》院代、法秀尼《ほうしゅう》に従って東慶寺へやって来てから、みるみるうちにふくよかになっていった。

東慶寺裏手の御用宿、「柏屋《かしわ》」は饅頭《まんじゅう》屋も営んでいて、この饅頭が旨《うま》い。元々の甘味好きに拍車が掛かってしまった、という訳だ。

ふくよかで汗かきの桂泉尼に、この炎天下で鍛錬させては、腕が上がる前に倒れてしまう。

茜が木刀を振るうたびに、風を切る小気味よい音が、小さく響く。

東慶寺は、土地の名から「松岡《まつがおか》」御所《ごしょ》とも呼ばれているが、世間で通りがいい呼び名は「駆け込み寺」か「縁切寺」だ。

様々な理由《わけ》から、亭主や許婚《いいなずけ》と別れたいと思う女は少なくない。

女からその願いを叶《かな》えるには、「縁切り寺法」が公儀に認められている寺へ駆け込むしかない。

ひとつは、上野国満徳寺《こうずけのくにまんとくじ》、今ひとつが、この松岡東慶寺である。

公儀から許された寺法があるとはいえ、逃げてきた女房、すでに駆け込んでいる女房を取り戻そうとする亭主は多い。所詮《しょせん》は女ばかりの尼寺だと侮っているのだろう。

そんな不埒《ふらち》者から、院代——東慶寺を束ねる尼僧だ——や寺の女達を護《まも》る役を担っているのが、茜だ。

茜は、一通りの体術は身に着けているが、駆け込んでくる女や法秀尼、尼僧、駆け入り女や預かり女、東慶寺の女達を守護するには、剣術——木刀が一番扱いやすい。

整った間《ま》で振り続けていた木刀を、茜はふと止めた。

気配が近づいて来る。

茜は、石段下から表御門へ向かった。

えい、ほ、えい、さ、と、駕籠《かご》かきの、調子のよい掛け声が東慶寺へ向かっている。

表御門脇の寺役所から、古参の寺役人、喜平治《きへいじ》と、寺飛脚の梅次郎《うめじろう》が出てきた。

表御門で三人並んで様子を覗《うかが》うと、駕籠は真っ直ぐ東慶寺を目指しているようだ。

茜の傍らに立った喜平治が、茜に向かって呟《つぶや》いた。

「ありゃ一体、なんでしょう」

梅次郎は呑気《のんき》に「物見遊山じゃねぇのか」なぞと言った。

見る間に近づいて来た駕籠は、東慶寺の前で止まった。

駕籠かきのひとりが、駕籠から女が降りるのを手助けしながら、訊《き》いている。

「ばあさん、本当に、ここでいいのかい」

駕籠の女客は、真っ白な髪が目を引いたが、背筋はしゃんと伸びていて、目の光、駕籠かきに礼を告げている声の張り、どれもしっかりしているから、六十歳《ろくじゅう》少し手前というところだろうか。

茜は、ほんの少し右手と右足を動かしづらそうにしていることに気づいた。

中風――頭に血が溢《あふ》れる病を患ったのかもしれない。

「やれやれ、ああ、どっこいしょ。まだ揺れているようですよ」

女は明るい声で言いながら、周りを見回している。うん、と伸びをした弾みに、右へよろけた身体を、もうひとりの駕籠かきが支えた。

「危ねぇなあ。大丈夫かい、ばあさん」

女は、にっこりと笑った。

「ええ、ええ。ここまで世話になりましたね。これ、約束の駕籠代。足りるかしらねぇ」

女が懐から、巾着《きんちゃく》を引っ張り出した。ずっしりと重そうだ。

駕籠かきは、巾着を受け取り、ちょっと重さを確かめてから、苦笑を浮かべた。

「ちっと、足りねぇかもしれねぇが、仕方ねぇ。一人旅のばあさんからたんまり頂くわけにゃあいかねぇ。なあ、相棒」

今ひとりが、人のいい顔で頷《うなず》く。

「おう、相棒。人助けはしなきゃなあ」

茜は、駕籠かきの二人をちらりと見た。

茜が止める前に、駕籠かきは空《から》の駕籠を担ぎ、

「じゃあな、ばあさん」

「達者でな」

と声を掛け、去って行った。

茜は、梅次郎を見た。梅次郎は小柄ですばしっこい。愛嬌に溢れた目を細め、小

さく頷くと、そっとその場から離れ、駕籠かきの後を追っていった。

喜平治が、女に訊いている。

「駆け込みですかい」

「はい。うねと申しますよ」

「御亭主や御身内が追ってくる、なんてことはありやすか」

女——おうねは、驚いたように目を丸くした後、けらけらと笑った。

「いやですよ、そんな物騒な」

門番が、呆《あき》れた顔をした。

「物騒なって、おうねさん、お前さんご亭主んとこから、逃げてきたんだろう」

「そうですねぇ。まあ、嫌気がさしたのは、亭主じゃなくて息子ですけど」

どこまでも呑気なおうねに、喜平治が気の抜けた息を吐いた。

茜はさりげなく周りの気配を探ってみたが、不穏なものは感じられない。

「おうねさん」

茜の呼びかけに、おうねは「はいはい」と調子よく答えた。

「どちらからいらっしゃいました。あの駕籠かき達とは、どこから」

「江戸《えど》の青物町《あおものちょう》から参りました。品川《しながわ》宿まで歩き、そこから戸塚《とつか》の宿までは軽尻《からしり》に乗せて貰《もら》ったんでございますが、こちらの尻が痛くなってしまいましてねぇ。そうしたら、あの親切な駕籠かきさん方が、持ってるだけの金子で、こちら様まで連れて来てくださると」

軽尻とは、宿場から旅人を乗せて運ぶ馬で、荷の軽い旅人を格安で運ぶ。

おうねは、にこにこと笑っている。何でも馬に乗ったのも駕籠に乗ったのも、生まれて初めてで、どちらも大層楽しかったそうだ。

あーあ、と門番が顰《しか》め面をした。喜平治も苦い顔だ。

茜は訊《たず》ねた。

「駕籠かきに渡した巾着に入っていたのは、銭だけですか」

いいえ、とおうねが首を振った。

「何しろ、大切にしていた嫁入り道具を全て売った金子《きんす》ですからねぇ。一朱銀と一分金もそこそこ入れてあったか、と」

「おうねさん」

「はい、娘さん」

娘、という歳ではないのだが、と内心で思いながら、茜は、

「茜と言います」

と名乗った。きっと梅次郎がここにいたら、腹を抱えて笑っていただろう。

「はいはい、茜さん」

「あの石段、ひとりで上れますか」

おうねは、じっと茜を見てから、穏やかに笑んだ。

「この右足と右手を、気遣って下すったんですねぇ。優しい娘さんだこと」

ぷ、と門番が小さく噴き出した。

「茜が娘さんと呼ばれた」ことを肴《さかな》に、この門番が梅次郎と酒を酌み交わす様子を思い浮かべて、茜は顔を顰めた。

「では、気を付けて。石段を上がった先が中門、そこを潜れば東慶寺、男子禁制の境内になります。誰でも構いません、尼様に声を掛けて下さい」

「はいはい。お手数をかけますね、娘さん」

茜は苦笑いをかみ殺してから、木刀を手にしたまま、表御門を出て走った。

すぐに、駕籠かきを追って貰った梅次郎と行き会った。

「さすが、茜姐《ねえ》さん。勘がいいし、足も速《はえ》ぇや。そろそろ道筋の目印でも残しておこうと思ってたとこだ」

梅次郎は、悪戯に笑いながら、手に持っていた小さな鈴を、ちりん、ちりん、と鳴らした。

町中を走る時、往来を行く人達にぶつからないよう、梅次郎はいつも帯に鈴をつけているのだ。そっと駕籠《かご》かきを追うために、帯から外していたのだろう。

梅次郎が、くい、と顎《あご》で道の先を指した。

少し先に、先刻の駕籠かき二人の姿があった。気弱そうな旅人の行く手を阻んでいる。無理矢理駕籠に乗せようと企《たくら》んでいるらしい。

「助かった」

茜が告げる。

「手助けは、要るかい」

「無用」

「じゃあ、見物させてもらうか」

「大して面白いものじゃないぞ」

茜は、言い置いて走った。

「怪我すんなよー。あ、そりゃあ、駕籠かきの奴らか」

おどけた梅次郎の声が、背中から追いかけてきた。

足音を消して近づくと、声が聞こえてきた。がっしりした体軀の駕籠かき二人に挟まれ、真面目そうな旅姿の男が、顔色を失くしている。

「こちとら、戸塚から鎌倉くんだりまでやってきてよ、空駕籠担いで帰る訳にもいかねぇんだ」

「だからよぉ、安く乗っけてやるって言ってんじゃねぇか」

旅姿の男が、おずおずと言い返す。

「いえ、私は自分の足で歩けますし、駕籠なんてそんな贅沢《ぜいたく》」

「ああん、何だって」

「聞こえねぇなあ」

茜は、駕籠かき達に声を掛けた。

「耳が遠いようには、見えなかったが」

ぎょっとした顔で、駕籠かき達が茜へ振り向く。

茜は、するりと、旅姿の男と駕籠かき達の間に割って入った。

視線だけ男に向け、早口で告げる。

「駕籠に乗るつもりがないなら、早く行きなさい。ここは任せて」

男は幾分ほっとした顔で茜を見たが、気遣わし気に「でも」と言った。

追いついてきた梅次郎が、のんびりと男に言った。

「この姐さんなら心配するこたねぇ。ほら、早く行きなよ、兄さん」

旅姿の男は、男の助っ人《と》がいれば安心だ、とでも思ったらしい。梅次郎と茜に向かって、「すみません、すみません」と繰り返しながら、そろりとその場から遠ざかろうとした。

「おい、こら、待ちやがれ——」

駕籠かきの手が、旅姿の男へ伸ばされた。その手首を木刀を持っていない左手で茜は捕え、軽くひねり上げた。駕籠かきが膝《ひざ》を折り、悲鳴を上げる。

「い、いて、痛《いて》ぇっ」

冷ややかに茜が告げる。

「お前達には、用がある。動くな」

「この、あまっ」

相棒の駕籠かきが、茜へ飛び掛かろうとした。

その喉元《のどもと》へ、右手の木刀の切っ先を突き付ける。

男が、怯《ひる》んだように動きを止めた。

茜は静かに告げた。

「身体の大きさを差し引いても、隙だらけだ。馬鹿者」

ぎゃあ、と手首を取られている方の駕籠かきが悲鳴を上げた。

「いだだだ、畜生、放しやがれっ」

「今、何と言った。ものを頼むような言葉には聞こえなかったが」

「わ、分かった、分かった。分かったから手を放してくれ。うわあ、放してくださいっ」

茜は、捕えていた駕籠かきの手を、投げるようにして解き放った。木刀の切っ先は、いまひとりの喉元へ向けたままだ。

「お、おいら達に何の用だっ」

茜から手を放され、尻餅《しりもち》をついた駕籠かきが喚《わめ》いた。

「懐の巾着《きんちゃく》を返して貰おう。先刻、東慶寺へやってきた女人から巻き上げたものだ」

「にょ、女人って、あのばあさんか。ありゃあ、駕籠賃として頂戴《ちょうだい》したんだ。巻き上げたんじゃねぇ」

「いいから、出せ」

「わ、分かった」

駕籠かきが、懐を探る。

茜は、その様子から目を離さないまま、木刀の先にいる駕籠かきに低く告げた。

「お前は、動くな」

木刀を、喉《のど》に触れる間際まで更に近づける。

そろそろと、腰を抜かした駕籠かきが懐から巾着を取り出した。

なかなかの大きさで、ずしりと重そうだ。古びた生地であちこちつぎはぎがしてある。

先刻、ちらりと見たおうねの巾着で間違いない。

梅次郎が明るく訊《たず》ねた。

「手伝うかい」

茜は、少し考えて頷《うなず》いた。

「では頼む。中を確かめてくれるか」

「合点承知」

うきうきと、梅次郎が駕籠かきに近づいた。駕籠かきが名残惜しそうに差し出した巾着を受け取り、中を覗《のぞ》く。茜は、梅次郎と巾着を見守った。

駕籠かき達が目配《めくば》せをした。

木刀に止められていた方が茜に、尻餅の方が梅次郎に、一斉に襲いかかった。

茜が軽く後ろへ跳んだ。

「おっと、危ねぇ」

梅次郎が、伸びてきた大男の腕を、ひょい、と躱《かわ》した。

茜の木刀が鋭い唸《うな》りを上げる。

鈍い音が、続いて駕籠かき達のうめき声が上がった。

一人は盆の窪《くぼ》を打たれ、一人は鳩尾《みずおち》をしたたかに突かれ、その場に崩れ落ちる。

茜が動けなくなった駕籠かき二人を、冷ややかに見下ろす。傍らへやって来た梅次郎が改めて、おうねの巾着の中を確かめた。

「ひょー、えらい入ってんな。緡《さし》が、ひい、ふう、みい、五本に、一朱銀が五、六枚、一分金はざっと眺めて二十枚は下らねぇ」

緡とは、九十六枚の一文銭の穴に纏《まと》めて紐《ひも》を通し、百文として遣《や》り取りする銭だ。一朱銀は、銭二百五十文。一分金は、四枚で一両。一両小判は、町場でちょっとしたものを買うのには使えないことが多いので、大概は一分金で遣り取りする。

巾着の中身は、一分金だけで五両はあることになる。

じろりと、茜が駕籠かき二人を睨《にら》み据えた。

「ち、畜生」

「覚えてやがれっ」

「待て」

茜は、空の駕籠《かご》を放って逃げ出した二人を呼び止めた。当たり前だが駕籠かき達は止まらない。

梅次郎がのんびりと声を掛けた。

「大《で》ぇ事《じ》な駕籠《しょうばいどうぐ》ほっぽって逃げても、無駄だぜ。姐《ねえ》さんの足は飛脚並だ。まあ、おいらにゃあ負けるが。さあ、追いつかれて、どっちを砕かれたい。足、それとも腕かい」

ぴたりと、駕籠かき達の足が止まった。

茜は、巾着を梅次郎から受け取り、二人に近づいた。二人は目に見えて怯《おび》えていた。

「戸塚宿から東慶寺まで、おうねさんを乗せたんだな」

駕籠かきのひとりが、ひっくり返った声で答えた。

「へ、へぇ」

へぇ、だってよ、と梅次郎が面白そうに茶々を入れた。

「おおよそ、二里、というところだな」

茜は呟《つぶや》き、二人を鋭く見据え、釘《くぎ》を刺してから、巾着から一分金を一枚、取り出した。駕籠代の相場は様々だが、これで十分だろう。

渡そうとすると、梅次郎が笑いを含んだ声で止めた。

「姐さん、そいつらきっと、戸塚宿を出る前に、景気づけだの、力を出すにゃあ食わなきゃだの、屁理屈《へりくつ》つけて、いいだけ飲み食いしてやがるぜ」

茜は、はっとしてもう一度二人を見据えた。

ばつが悪そうに視線を逸《そ》らした二人を確かめ、一分金を巾着に仕舞い、代わりに一朱銀を三枚差し出した。一朱銀は、四枚で一分だ。

おずおずと、駕籠かきが訊ねた。

「頂けるんで」

「おうねさんに、駕籠の乗り逃げをさせる訳にはいくまい」

おずおずと、駕籠かきがごつい手を伸ばした。その掌《てのひら》に、三朱を落としてやる。

「こ、こりゃ、どうも」

駕籠かき達は、怯えた笑いを顔に張り付け、立ち上がると、じり、じり、と茜から遠ざかった。滑稽《こっけい》な程遠回りをして駕籠まで戻って担ぎ、また茜の横を、そろりそろりと行き過ぎる。

茜は低く告げた。

「次に東慶寺の周りで、同じようなことをしてみろ」

ひ、と駕籠かきの喉で高い音が鳴った。

飛び切り明るく、梅次郎が追い打ちをかける。

「足も手も、ぼっきり、だぜ。駕籠かきじゃあ商売あがったりだ」

駕籠かき達は、一目散に逃げだした。

梅次郎が、楽し気に呟く。

「駕籠担いで、あんなに速く走れるもんなんだなあ。まあ、姐さんの、綺麗《きれい》でおっかねえ目に睨まれちゃあ、無理もねぇけどよ」

茜は、ほろ苦く笑った。

この奇妙な色の瞳《ひとみ》を「綺麗」だと言ってくれるのは、東慶寺の仲間くらいだ。

茜の顔色を読んだのか、梅次郎がさらりと言葉を重ねた。

「綺麗だぜ、その鋼色。おいら達だけじゃねぇ、見た奴らはみんな必ずそう思う。綺麗すぎて、おっかねぇんだよ。姐さん自体がおっかねぇから、分かりづれぇけどな」

ありがとう。

茜は、言いかけた礼を音もなく呑《の》み込んだ。

その代わりに告げる。

「梅さん」

「なんだい」

「私は、駕籠かき達の腕と足を折るつもりは、なかったぞ。それくらいの手加減をしてやらなければ、さすがに気の毒だ」

小さな間をおいて、梅次郎が盛大に笑った。


茜が梅次郎と共に東慶寺に戻ると、中門と表御門の間にある寺役所からおうねの明るい声が聞こえてきた。梅次郎と顔を見合わせ、寺役所を覗く。

茜は、寺の警固の他に、駆け込みの始末を検分し、法秀尼に伝え指図を仰ぐ役も担っている。

役所では、寺役人の喜平治、駆け込みに直に関わる役目を負っている二人の尼僧が、おうねを囲んで、楽し気に話に花を咲かせていた。

尼僧のひとりは、ふくよかで色白、おっとりした佇《たたず》まいの桂泉尼。剃髪《ていはつ》前は桂《かつら》と言う名だった。薙刀《なぎなた》の心得があった為、茜が法秀尼の警固として鍛えている。人の心の機微に敏《さと》く、細やかに寄り添うので、安心して駆け込み女を任せられる。

いまひとりは、小柄でそばかす顔の秋山尼《しゅうざんに》である。元駆け込み女で、離縁が成ってからも尼僧として寺に残った。算術や書面づくりに長《た》け、理詰めの考えが得手、屁理屈をもっともらしく語らせたら右に出る者はいない、寡黙な茜にとっては有難い存在である。

どちらの尼僧も、甕覗《かめのぞき》――淡い水色の尼僧頭巾《ずきん》と墨染めの衣姿が、涼やかで清々《すがすが》しい。

喜平治は東慶寺で一番の古株の役人だ。そもそもは武家の寺役人の下で、様々な雑事をこなすのが役目だったのだが、実は名ばかりで長く姿を見せぬ代官所の寺役人達の代わりに、寺役所をとり仕切っていた。

そこで法秀尼は、院代の座に就いてすぐ「寺役人は武家でなければならぬという寺法は、どこにもない」ことを盾に、喜平治を役人の座に据えてしまった。

代官所と名ばかりの役人達は異を唱えたが、かえって「一度も東慶寺へ顔を出さなかった、御役目を疎《おろそ》かにした咎《とが》」を公儀から問われ、代官所は東慶寺から手を引くよう命が下された。勿論《もちろん》、そこには法秀尼を後押しする生家、水戸徳川家の力が大きく働いていたことは、間違いがない。

そして今は、寺役所の雑事をこなしていた町人達が揃って「寺役人」となり、喜平治が他の役人達を纏《まと》めている、という訳である。

喜平治は伊達《だて》に、代官所の役人の代わりを務めてきた訳ではない。隠し事や偽り、人の心の裡《うち》を見通す目を、地道な役目の中で身に着けたのだ。喜平治の目に、茜は信を置いていた。

「おや、お帰りなさい」

喜平治が、明るい声を上げた。梅次郎が応じる。

「おいらの出番は、まるでなかったぜ。おうねさんの巾着《きんちゃく》の中身を確かめただけだ」

つん、と秋山尼が鼻を上へ向けた。

「あら、当たり前ではありませんか。あんな駕籠かき風情に茜さんが遅れを取るわけがありません。とっちめるくらいなら、右手だけで足りますでしょ」

茜はやんわりと言い直した。

「折角褒めて頂きましたが、両手を使いましたよ、秋《あき》さん」

駆け込みに関わる親しい仲間だけの座では、皆、秋山尼を「秋」、桂泉尼を

「桂」と、剃髪前の名で呼ぶ。

桂泉尼が、くすくすと、娘のような笑い声を立てた。

「茜さんは、真面目だこと。秋さんの軽口を、まともに受け止めてはだめですよ」

秋山尼当人にまで、やれやれ、という風に苦い溜息《ためいき》を吐かれ、茜は「はあ、面目ない」と詫《わ》びた。

目を丸くして尼僧と茜を見比べていたおうねが、小さく噴き出した。

「勇ましい女剣士様が、しとやかな尼様にやり込められるなんて、まあ」

「しとやかですって」

秋山尼が囁《ささや》けば、桂泉尼が、

「秋さんではなく、わたくしのことです」

と言い返している。

茜は、小さく笑ってからおうねに向き直った。

改めて見ると、混じり気のない白髪《はくはつ》が大層美しい。ここまで残らず真っ白になるのは、珍しいだろう。

「これを」

取り返した巾着を懐から取り出し、おうねに渡す。

「あれ、まあ、まあ」

おうねは、茜が取り戻してきた巾着を見て、目を丸くした。

「おうねさん、二里の駕籠《かご》代にその巾着の中身全てでは、払いすぎです」

「おや、そうだったんですか。何しろ駕籠なんて乗ったの、生まれて初めてでしたからねぇ。足りたんならよかった」

秋山尼が、呆《あき》れ顔になった。

「失礼ながら、おうねさんは少々お人が好《よ》すぎます。働きに対して多すぎる金子《きんす》は、あの駕籠かき達の為にも、よろしくないのですよ」

うん、うん、と桂泉尼も頷《うなず》いている。

「尼様のおっしゃる通りですねぇ。こりゃ、あの駕籠かきさん達にも、悪いことをしました」

応じたおうねは、何やら嬉《うれ》しそうだ。

梅次郎が、すかさず茶々を入れた。

「確かに、気の毒だった。あいつらは、おっかねぇ女剣士様に、酷《ひで》ぇ目にあわされたからなあ」

茜はすかさず異を唱えた。

「だから、手足を折ったりはしていないだろう」

座が静まり返ったのに気づき、茜はぎこちない咳払《せきばら》いを挟み、言い添えた。

「梅さんが、そう言って駕籠かき達を脅しただけです」

おうねが、巾着をいつまでも開こうとしないので、茜は促した。

「旅駕籠は駕籠かきと客とのやり取りで駕籠代を決めることが多いので、江戸市中を回る駕籠の大まかな相場から、駕籠かき達が飲み食いした分を引いて、三朱渡しました。中の金子を確かめて貰《もら》えますか」

おうねは、少し困った顔をしてから、巾着を開けた。

ところが、ちょっと覗《のぞ》いただけで、「はいはい、確かにちゃんとあります。お手数をおかけしました、女剣士様」

茜です、と言い直してから、もう一度おうねに確かめる。

「金子に間違いは、ありませんか」

それでも巾着の中身をしっかり見ず、ええ、ええ、と頷くだけのおうねに、秋山尼が業を煮やした。

「失礼いたしますね」

おうねから巾着を引き取り、中身を文机《ふづくえ》の上に出す。

喜平治が、

「あ、そりゃあ、いくらなんでも」

と秋山尼を止め、桂泉尼が
「もう、秋さんったら」

と呆れた声を上げたが、秋山尼はびくともしない。

丁寧に、文机の上に緡《さし》と一朱銀、一分金を並べて、あっという間に告げる。

「緡が五本で五百文。一朱銀が二枚で五百文。一分金が二十と四枚で、丁度六両。合わせて六両と一分。間違いございませんか、おうねさん」

おうねが、哀しそうな、寂しそうな、それでいて、なんとも嬉しそうな、不思議な笑みを浮かべた。

秋山尼は平然としているが、思わぬ大金に桂泉尼と喜平治が、戸惑った様子で顔を見合わせている。

「大間違いですよ」

おうねがぽつりと呟《つぶや》いた言葉を、しっかりと耳にしたのは茜だけだったようだ。

秋山尼が、「はい」と訊き直した。おうねの顔から不思議な笑みが失《う》せ、代わりに人懐こい笑みが浮かぶ。

「はいはい、間違いございません」

「あの」

桂泉尼が、そっとおうねに声を掛けた。

「はい、なんでございましょう、尼様」

「不躾《ぶしつけ》な問いを、お許しくださいましね。この金子は、どうされたのですか」

ああ、と、おうねは笑った。

「亭主に嫁いだ時に持って来た嫁入り道具やら、帯やら小袖《こそで》やらを売った金子でございますよ」

「ここへ駆け込む為、ですか」

「はい」

「お嫁入り道具を処分してつくった大切な金子を、怪しげな駕籠かき達にそっくり渡してしまわれたんですか」

「はい、はい」

おうねの返事は、明るく楽し気で、淀《よど》みがない。

喜平治が、問いを引き取る。

「駕籠を使ってまで駆け込んだ理由を、そろそろ聞かせてもらえやせんかね」

今度は、茜が梅次郎と顔を見合わせた。

話が弾んでいたので、てっきり駆け込みの経緯《いきさつ》は既に聞き出しているのかと思っていたが。喜平治、桂泉尼、秋山尼、三人が揃っていて珍しい。

おうねが、少し肩を窄《すぼ》め、様子を覗《うかが》うような目で訊いた。

「言わなきゃ、いけませんですかねぇ」

喜平治が、困ったな、という風に首の後ろを掌《てのひら》で擦《こす》りながら、応じる。

「そういう決まりになってるもんでねぇ、おうねさん。大体、駆け込んできて、経緯を言わねぇなんてぇお人は、今まで見たことがねぇ」

おうねは、しゅんとして呟いた。

「そうですか」

それから、そろりと続ける。

「怒らないで下さいましね」

何か言おうとした秋山尼を抑えるように、桂泉尼が請け合った。

「怒るものですか」

ふう、とおうねは小さく息を吐いてから、にかっと笑って言った。

「一度、見てみたかったんでございます。東慶寺様と松岡を」

東慶寺は開山より、帝《みかど》の息女など、身分の高い女性《にょしょう》が住持の座に就いてきた。だが、住持の代替わりを重ねるごとに、その由緒に見合う家柄を持った者を見つけるのが難しくなり、塔頭《たっちゅう》筆頭、蔭涼軒を束ねる尼僧が院代として、住持に代わって東慶寺を統べるようになって久しい。

鬱蒼《うっそう》と茂る木々の緑に抱かれた広大な東慶寺境内、方丈の北に建つ蔭涼軒の主《あるじ》である東慶寺院代、法秀尼の元に、茜、桂泉尼と秋山尼の三人が集まっていた。

秋山尼は頬を赤く染めて、膨れっ面をしている。

桂泉尼が秋山尼を、低く窘《たしな》めた。

「秋さん、院代様の御前ですよ」

すかさず法秀尼がおっとりと笑いながら、桂泉尼を目で止めた。

法秀尼は、眩《まぶ》しいほどの高潔さ、品の良さを持った尼僧だ。叡智《えいち》を湛《たた》えた、深い泉のような瞳《ひとみ》は老練の尼のようにも見え、邪気の欠片《かけら》もない微笑みは、幼い童を思わせる。

茜でも歳の頃が読み切れない。

法秀尼に宥《なだ》められた桂泉尼が、珍しく渋い顔をした。

「法秀尼様から秋さんに、もう少しとやかにするよう諭《さと》して頂けませんか。寺役所で秋さんを宥めるのに、どれほど骨を折ったか。ねぇ、茜さん」

茜は苦笑いを零《こぼ》した。

――一度、見てみたかったんでございます。東慶寺様と松岡を。

うきうきと告げられた駆け込み女、おうねの言葉を聞いた時の秋山尼の怒り様は、確かにただ事ではなかった。

怒れば怒るほど辛辣《しんらつ》な弁舌が立っていくはずの秋山尼が、珍しく怒りで言葉を喪った。

その代わり、とばかりに、年老いた女人に、平手のひとつでも食らわせそうな勢いで、暴れたのだ。

勿論《もちろん》、すぐさま茜が秋山尼を抑えた。

――今すぐここから出てお行きなさいっ。

皆、仰天した。

おうねは目を丸くして、烈火のごとく怒っている秋山尼を眺めている。

駆け込み女を調べもせず、法秀尼の許しも得ず追い出すなぞ、とんでもない。

まだ詳しい経緯も分からない。隙を見て連れ帰ろうと、こちらの様子を窺《うかが》っている亭主や身内がいるかもしれないのだ。

とにかく、秋山尼とおうねを離さなければ。

おうねに迫ろうとする秋山尼を茜が抑え、桂泉尼が秋山尼の前に立って宥め、二人掛りで秋山尼を止めている間に、喜平治におうねを連れ、寺役所から御用宿「柏屋」へ向かって貰《もら》った。梅次郎が、喜平治の一足先に「柏屋」へ知らせに走った。

駆け込んだばかりの女は、まずは東慶寺の御用宿に預けられる。御用宿は三軒。裏門東隣の「柏屋」、街道を隔てた表門前に「松本屋《まつもとや》」と「仙台屋《せんだいや》」が並んでいるが、困った時の「柏屋」である。

寺役所での怒りを思い出したのか、さあっと、秋山尼の頰の赤みが濃くなった。

「だって――」

声を荒らげて訴えようとした秋山尼を、桂泉尼が咎《とが》めた。

「秋さん。言葉遣い」

秋山尼――秋は町場で育った町人の娘だ。東慶寺の尼僧としてふさわしい振る舞いを日々心掛けてきた努力も実って、このところかなり「尼僧らしい振る舞い」が板についてきていた。だが、腹を立てたり、夢中になったりすると、町娘だった頃の言葉と立ち居振る舞いが顔を出す。今も、余程腹を立てているのだろう。

秋山尼が、恨めし気に桂泉尼のふくよかな顔を睨《にら》みつけ、「ですが」と言い直した。

「おうねさんは、あまりにもふざけています。東慶寺を見てみたかった、なんてくだらない理由《わけ》で駆け込むなんて。駆け込んできた女子《おなご》達がどんな思いで東慶寺を目指したか、この寺の者がどれだけ懸命に駆け込んだ女子の為に動いているか。ちっとも分かってはいないのです。物見遊山の客なら、鎌倉の他の宿に逗留《とうりゅう》すればいいでしょう」

茜は言った。

「私は、自分の懸命さを駆け込んできた女子達に分かって貰おうと、思ったことはないが」

秋山尼が、傷ついた顔をした。桂泉尼が柔らかな苦笑交じりに、茜を窘める。

「茜さん、言葉の選び様」

桂泉尼に言われ、はたと気づく。

今の台詞《せりふ》は、まるで、秋山尼が見返りや礼が欲しくて懸命になっていると言っているように聞こえる。

茜は慌てて言い添えた。

「つ、つまり、私のことは気遣い無用、と言いたかった」

秋山尼が、少し哀しそうな笑みで、茜へ向かって首を横へ振った。

「いえ。わたくしの修行が足りないんです。いつまでたっても、町場の考えが抜けなくて。茜さんの言う通り。どこかでお礼を言われたい、『あなたのお蔭《かげ》で助かった』と言われたい。そう思っていたんです。駆け込んだ時の自分の辛さ、決心を、軽い気持ちで見物されたような気もしました。だからおうねさんの言葉に腹が立ったんです」

法秀尼が、おっとりと秋山尼を諭した。

「町場の考えを持ち続けているのは、秋の良いところですよ。駆け込んだ女子達はきっと、自分達と同じ心根で共に怒り、共に泣いてくれる秋を、心強く思っていることでしょう。それに秋は自分の為ではなく、わたくしや寺の皆の為——何より、駆け込んだ女子達の為に怒ってくれたことは分かっています。その心根が、わたくしはとても嬉《うれ》しい」

「法秀尼様、でも——」

秋山尼の声が、湿った。

まずい。泣かせてしまったか。

どうしていいやら分からず狼狽《うろた》えていると、法秀尼に微苦笑を含んだ視線を向けられた。

仕方のないこと。

そう言われた気がして、身体を縮める。

法秀尼は、穏やかな声で秋山尼を宥めた。

「ここで泣いては、茜の立つ瀬がない。茜はあの通り、いつまでたっても言葉が足らない。本当に気遣い無用と伝えるつもりで口にした言葉の選び様を、少し間違えただけです。許しておやり」

ふるふると、また秋山尼が頭《かぶり》を振った。

「許すなんて、そんな」

秋山尼は、ぐし、と鼻を啜《すす》ってから、茜に向かってにっと笑って見せた。

「わたくし、茜さんのお気持ちは分かっていますし、泣いてもいません。ちょっと、目に埃《ほこり》が入っただけです」

桂泉尼がくすりと笑って、秋山尼をからかった。

「ま、秋さんにしては、あまりお上手ではない強がりだこと」

再び、秋山尼が桂泉尼を睨んだ。

桂泉尼が、しまった、という風に、ふっくらとした指で自分の口を隠す。

秋山尼と桂泉尼は、仲がいい。この遣《や》り取りもお決まりの「じゃれ合い」だ。

眼で笑い合っていた二人の尼だったが、ふと桂泉尼が笑みを収めて秋山尼を呼んだ。

「ねぇ、秋さん」

「なんです」

「おうねさんのことだけれど。秋さんが言った通り、ただの物見遊山なら、わざわざ松岡御所《こちら》へ駆け込まなくとも、どこか宿へ逗留すればよいと思いませんか。わざわざ嫁入り道具を売り払って金子《きんす》をつくり、不自由な体ですることでもないでしょうに」

秋山尼が、考え込むような顔をした。

「そう言えばおうねさん、巾着《きんちゃく》の金子を確かめた時、なんだか哀しそうな顔をしていらっしゃいました。もしや金子が足りないのか、他にもおうねさんから金子を巻き上げた輩《やから》がいたのか、と心配したんです」

「秋さんも、お気づきになられました」

「ええ。もしや、本当は駆け込みたくなかったのでしょうか」

うらん、と桂泉尼が首を傾げた。

「駆け込みたくなかった、というのとは、ちょっと違うような気もするんです」

茜は、ひっそりと心の裡《うち》で呟《つぶや》いた。

さすが桂さんも秋さんも、よく見ておいでだ。

「茜。どう見ますか」

法秀尼に問われ、茜は頷《うなず》いた。

「はい。駆け込むこと自体に、おうねさんは迷いがなかったように思います。何か経緯《いきさつ》があるのかと。少し調べてみます」

法秀尼は、嬉しそうに微笑んで応じた。

「頼みます」


おうねは、たった三日で「柏屋」の人気者になっていた。

初めに懐いたのは、勝手方の料理人だ。

御用宿を謳《うた》っているからには、食事もまともなものを出さなければいけない、という自負が東慶寺を囲む三軒の宿には、ある。

また、東慶寺まで辛《つら》い道のりをやってきた女達に、とにかくおいしいものを食べて貰《もら》いたいという法秀尼の願いもある。

そんな訳で、「柏屋」も、腹を満たすだけの質素なものを食わせる、多くの宿場の旅籠《はたご》とは一線を画した、しっかりした食事が自慢であった。

「柏屋」の勝手を預かる料理人は、腕に相当な自信を持っていて、しかも少々気難しい男だった。

その料理人が、あっという間におうねに陥落したのだという。

何でも、一見何気ないけれど、凝った包丁の技を見抜かれ、誉めそやされたのだそうだ。それから隠し味を当てられ、この辺りの野菜の味の話に花が咲き、果ては、おうねが語る、ちょっとした味の工夫や目先の変わった箸休《はしやす》めのつくり方、そんなものにまで料理人は耳を傾けるようになった。

——おうねさんは、只者《ただもの》じゃあねぇ。

あの、気難し屋の料理人が真面目な顔をして言い、料理の教えを乞《こ》うている。

「柏屋」の奉公人達は皆、おうねに一目置くようになった。

おうねは、右手と右足が少し動かしづらいようだが、その分、掃除や洗濯、裏方の仕事を手際よくこなす工夫を、沢山知っていた。また、困った逗留客のあしらい、客に喜ばれる些細《ささい》な気遣い、そんなものも心得ていて、「柏屋」の奉公人達はみな、おうねと話をしたがっているそうだ。

人懐こい性分のおうねも、「柏屋」の奉公人達と過ごすのが楽しいようで、勝手知ったる、という佇《たたず》まいで宿の中をあちこち動き回っている。

それを「柏屋」の主《あるじ》夫婦、好兵衛《こうべえ》とおりきが許していることを、「柏屋」を訪ねて初めて知り、茜と寺役人の喜平治は、驚いた。

御用宿には、駆け込み女だけではなく、東慶寺から呼び出しを掛けた者も逗留《とうりゅう》する。亭主と女房、身内、名主、いさかいを起こしそうな者同士は、三軒の御用宿に別々に振り分けられる。思いつめた駆け込み女、嫁に逃げられた亭主とその身内、どうにかして丸く収めたい名主。駆け込み女の実家も様々で、恥をかかせたと娘を叱る親もいれば、厄介を掛けたとひたすら婚家に詫《わ》びる親、よくも娘を辛い目に遭わせたなと亭主に食って掛かる親もいる。様々な思惑の人々を、皆一緒くたに宿へ泊める訳にはいかない。

それでも「女房に会わせろ」と宿に迫る者、こっそり抜け出して会いに行こうとする者も出る。

そんな厄介な逗留客を、時にはやんわり、時には毅然《きぜん》とあしらってきたのが、御用宿の主とその女房だ。中でも、好兵衛とおりきの手際の良さはずぬけていて、だからこそ、「困った時の『柏屋』」だと、おうねを預けたのだ。

「好兵衛さん、おりきさん。お前さん達が、駆け込み女に丸め込まれちゃあいけねぇよ」

苦い顔で諭《さと》した喜平治を、好兵衛はほくほく顔で往《い》なした。

「丸め込まれてる訳じゃあありませんよ。何か騒ぎを起こした訳でもございませんし、ご亭主方が他の宿へ着く気配もない。だったら、何も不都合はございませんでしょう。まあ、奉公人達が揃って、目を光らせていると思って頂けたら」

柏屋の主、好兵衛は、歳は四十半ばのいかつい大男だ。腕っぷしが強そうで頼りがいのある見た目をしているが、実は腰が低く細やかで、商いの才が際立っている。太い眉《まゆ》と、体軀《たいく》に見合わない円《つぶ》らな瞳《ひとみ》がなんとも可愛らしくて、見る者を和ませる。

喜平治が、疑わし気にぼやいた。

「目を光らせている、ねぇ」

好兵衛は、変わらず上機嫌だ。

「おうねさんは、物知りでねぇ。料理も美味《うま》くなった、奉公人達も手際よく仕事をこなすようになった。うちとしては、大助かりですよ。おまけに、『松岡名物、柏屋の饅頭《まんじゅう》』、売り方をもう一工夫したら面白いと、教えて下すってね。こいつはきっと売れますよ」

なるほど、好兵衛が恵比須顔《えびすがお》をしている訳だ。

茜は苦笑いを零《こぼ》した。

好兵衛は、肝心なところでは必ず駆け込み女を助けてくれるものの、商い一番、もうけが大事、という男だ。

「柏屋」と商いの為になるのなら、おうねひとり店を好きに歩かせるくらい、平気でする。

呆《あき》れ交じりの溜息《ためいき》を喜平治が吐いた時、何気ない口調で、好兵衛が告げた。

「おうねさんは、きっと客商売が長い方でしょうね。料理には詳しいし、うちの料理人の隠し味を見抜くほどの舌を持っておいでだ。それでも、包丁を貸せとは言わないから、相当な料理人の仕事をずっと側で見てきたんじゃないでしょうか。目の付けどころから察するに、金持ち相手の料亭ではなく、町場の居酒屋辺り」

はっとして、茜と喜平治は顔を見合わせた。

「柏屋」の奉公人達とは、おうねは様々な話に花を咲かせているそうだ。呼び出された寺役所で喜平治を相手にしても、東慶寺や松岡界隈《かいわい》のよもやま話には楽しそうに応じる。ところが、駆け込みの経緯を尋ねた途端、口が重くなり、すぐに話を逸《そ》らしてしまう。

未《いま》だに、婚家も実家も分からないため、茜も動けずにいるのだ。

挙句の果てに、今日は「足が痛い」と言い訳をして、寺役所からの呼び出しを「柏屋」を通して断ってきた。

ならばこちらから宿へ出向こう、ということになり、喜平治と共に茜も「柏屋」へ足を運んだという訳だ。口を噤《つぐ》まれても、こちらが問うた時の視線の行方や顔つき、また、世間話のちょっとした台詞《せりふ》からも、読み取れることは沢山ある。

茜は、そういう技を身に着けている。

奇妙な色の瞳のせいで二親から疎まれ、幼い頃、清麦寺《せいばく》という尼寺に預けられた。預けた、とは名ばかりで、捨てられたと言った方が正しいだろう。

清麦寺は、寺が生き残るためと称し、様々な悪事に手を染めていた。法秀尼が入山する前、東慶寺を陥れ、荒れた原因《もと》をつくった寺である。

清麦寺では、闇に紛れ、直に手を汚す者のことを「影働き」と呼んでいた。

茜は、「影働き」としての技を師である尼僧から叩《たた》き込まれた。

例えば、一度見たものを目の裏に刻む。自らの気配と足音を消し、人の気配を読む。刃《やいば》を振るい、素手で男を倒す。薬と毒をつくり分け、人を騙《だま》し嘘を見抜く。

その忌むべき技が、法秀尼や東慶寺の仲間、駆け込み女達を護《まも》ることに大いに役立っているのだから、厳しく冷淡だった師には礼を言わなければならない。

恐らく、もうこの世にはいないのだろうけれど。

ふ、と喜平治が短い溜息を吐いた。

「さすがは、好兵衛さんだ」

にっこりと、好兵衛が笑んだ。

「少しは、お役に立ちましたか」

喜平治はばつの悪そうな顔で笑い返した。

「大助かりです。面目ない。あっしがやらなきゃいけないことをやって頂いたのに、その、丸め込まれた、なんて言っちまって」

ほほ、と好兵衛が笑い声を上げた。

「御用宿は、駆け込んだ女子《おなご》の後見人を務め、離縁までの流れ、どんな書状を交わし、どれほど金子が要るのか、こまごまとしたことを伝えるのが習い。ひっきょう、女子との関わりは深くなります。丸め込まれた方が都合が良ければ、いくらでもそんな真似事をいたします。何もお気になさることはございませんよ」

参ったな、と喜平治は苦笑いだ。

茜は、そっと喜平治を促した。

「平《へい》さん。『町場の居酒屋』辺りから切り込めば、何か聞き出せるかもしれない」

喜平治も、茜に頷《うなず》いた。

「こりゃあ、気を入れて話を訊《き》かなきゃならねぇ。行きましょう、茜さん」

勢い込んでいる喜平治と共に、おうねがひとりで使っている部屋へ向かうと、楽し気な声が聞こえてきた。

「本当だ。おうねさん」

言葉尻《ことばじり》が弾んでいるのは、「柏屋」の一番若い女中だ。おうねの優しい声が応じる。

「そうそう、その調子。針先ばかり、じぃっと睨《にら》みつけてるから、縫い目が曲がっちゃうんでねぇ。縫い目の先を左手でしっかり持って、そこを目指せば——」

「うん、真っ直ぐ縫えるっ」

「上手《うま》い、上手い。目の大きさを揃えるのは、もう慣れだね。赤子のむつきやら何やら、片端から縫わせて貰《もら》うといいですよ」

喜平治が、部屋の障子の前で「邪魔するよ」と声を掛けるなり、障子を開けた。

若い女中が嬉《うれ》しそうな笑顔を、喜平治と茜に向ける。

「ああ、平さん、茜さん。今、おうねさんに裁縫を教わってたとこなんです。あたし、どうしても苦手で」

茜は苦笑いで、女中に応じた。

「それは、よかった。済まないが、おうねさんに話を聞かせて貰えるか」

女中は心得た顔で「はい」と応じ、裁縫道具を手早く纏《まと》め、おうねに「ありがとう」と声を掛けた。

「また、いつでもいらっしゃい」

おうねの言葉に、嬉しそうに頷き、女中が部屋を出て行く。

喜平治が渋い顔をしているので、茜が訊《たず》ねた。

「足の具合は、いかがですか」

おうねが、束の間「なんのことだ」という風に首を傾げた。すぐに、ああ、思い出したという風にぽん、と手を打ち、にっこりと笑む。

「お若い娘さんと裁縫してたら、もう、すっかり。こんなことなら、お役所へ伺えばよかったですねぇ」

まったく悪びれないおうねに、喜平治が呆れ口調で言う。

「まったく。仕方ねぇなあ、おうねさんは」

ふふ、と笑うおうねこそ、若い娘のようだ。

喜平治が、とってつけたような顰《しか》め面をつくってみせた。

先刻までの勢いはどこへやら、どうやら喜平治もすっかりおうねに懐柔されているらしい。

こうなると、おうねさんに対しては、秋さんが一番しっかりものが言えそうだな。

茜は、心中でこっそり呟《つぶや》いた。

喜平治が、告げる。

「さて、おうねさん。今日こそはせめて、住まいとご亭主の名、それから生業《なりわい》だけでも、聞かせて貰うよ」

「あ、あいたた、急に足が痛んできちまいましたよ」

「だめだめ。足が痛くたって、口は動くだろう」

「おや、口も痛くなってきた、あいたた」

「その割には、ちゃんと喋《しゃべ》れているじゃあないか」

言いながら、喜平治は笑ってしまっている。

喜平治らしくない。茜がそう思った時、笑ったまま、喜平治が切り出した。

「そりゃそうと、おうねさん、お前さん大した舌をお持ちだそうだねぇ。ここの勝手方が、ありゃ只者《ただもん》じゃねぇって言ってたそうだよ」

やはり、百戦錬磨の寺役人だ。おうねは手ごわくても、ここの奉公人達のように陥落したわけではなさそうだ。

おうねが、微笑んだ。

哀し気な、寂し気な微笑だった。

「大したこっちゃ、ありませんよ」

『柏屋《ここ》』の連中も頼りにしてるみてぇだ。ひょっとして、嫁ぎ先は旅籠かなんかかい」

上手い話の持っていき方だ。好兵衛の見立てから敢《あ》えて少し外したところへ水を向けて、出方を見る。

急にずばりと当ててしまえば、相手は身構える。少しだけ外せば、気が緩んだ拍子に、何か口走ってくれるかもしれない。

おうねは、哀しそうな笑みのまま、ぽつりと呟いた。

「さあ、どうでしょうねぇ」

更に遣《や》り取りを続けようとした喜平治を、茜が手振りで止めた。

誰か、来る。

慌てた足音、好兵衛だ。

喜平治も気づいたようで、茜の顔を見た。

すぐに、「失礼いたします」と好兵衛の声が聞こえ、障子が開いた。

「お二人とも、急いで御所へお戻りを。駆け込みがあったそうです」

茜は立ち上がった。好兵衛の慌てよう、只事《ただごと》ではない。

「御亭主か御身内が追ってきてるんですかい」

喜平治の問いに、好兵衛が両の掌をぶんぶんと振った。

「ああ、いえいえ、違います」

ちらりと、気遣うようにおうねを見てから、「柏屋」主《あるじ》は告げた。

「おうねさんの義理の娘だと名乗っているそうです。姑《しゅうとめ》が来ているはずだ、と」

茜と喜平治が急いで寺役所へ戻ると、桂泉尼と若い寺役人の弥助《やすけ》が、困り切った顔をして、駆け込み女を眺めていた。

女は、民《たみ》と名乗った。歳は二十五。目尻《めじり》がきゅっと上がった、気の強そうな顔をしている。亭主の名は孫吉《まごきち》。十八で嫁ぎ、六歳の娘と四歳の息子がいる。舅《しゅうと》は彦蔵《ひこぞう》、姑はうね。京橋《きょうばし》の北、大根河岸《だいこんがし》近くで一膳飯屋《いちぜんめしや》「浜家《はまや》」を四人で営んでいるそうだ。

そこまですらすらと答えたが、駆け込みの経緯《いきさつ》を尋ねると、ぎゅっと口を一文字に引き結び、押し黙ってしまったという。

喜平治が、そっと桂泉尼に訊いた。

「秋山尼様はどうなすったんで」

桂泉尼が、茜にも聞こえる程の小声で答える。

「また大暴れされても困るので、留守を頼んでまいりました」

喜平治が、困ったように笑ってから、さて、とお民に声を掛けた。

「お民さんは、おうねさんが松岡に駆け込んだことを、知ってるんだね」

お民が、小さく頷いた。

「おうねさんが駆け込んだ訳も、知ってるかい」

お民は暫《しばら》く黙ってから、ぽつりと訊き返した。

「義母《はは》は、何て言ってるんです」

喜平治が茜を見た。茜は小さく頷《うなず》いて、答えた。

「一度、東慶寺と松岡を見てみたかった、と」

「そうですか」

お民は茜に応じると、誰の顔も見ずに言い放った。

「あたしも、義母と同じです。一度、東慶寺様が見てみたかった」

ぷ、と部屋の外から微《かす》かな笑い声が聞こえてきた。梅次郎だ。

どうやら、外で聞き耳を立てていたらしい。

桂泉尼が、おっとりと呟いた。

「やっぱり秋さんを置いてきて、よかったこと」

喜平治も、しみじみ頷く。

「おうねさんの時に増して、腹を立てなすったでしょうね」

お民が顔を上げ、「あの」と切り出した。力の籠《こも》った眼差《まなざ》しで続ける。

「義母に、会わせて貰《もら》えませんか」

弥助は、心配そうに皆の顔を見比べている。

喜平治と桂泉尼が茜を見た。

二人とも、それがいい、という目だ。

寺役所より「柏屋」の方が、おうねもお民も、気を張らずにいられる。上手《うま》く運べば二人の本心が訊《き》けるかもしれない。

茜は桂泉尼に目配《めくば》せをした。万事心得た尼僧は、ほっこりとした笑みを浮かべて、お民に告げた。

「では、お民さんには『柏屋』さんに入って頂くことにしましょう」

喜平治も、「それがよろしゅうございます」と続いた。

首を傾げたお民に、茜が言い添える。

「御用宿です。松岡へ駆け込んだ女人は、御用宿に逗留《とうりゅう》してもらいます」

「御寺様で過ごすのではないのですか」

喜平治が遣り取りを引き取った。

「そいつは、内済が纏《まと》まらなかった時の話だね」

御用宿に預けられた駆け込み女は、役所へ呼び出され、話を聞かれる。一方で、駆け込みがあった旨を、亭主とその身内、町名主、込み入った経緯があるようなら、更に女の実家へも伝え、呼び出しを掛ける。その呼び出し状を届けるのが、梅次郎達寺飛脚だ。

寺飛脚に求められるのは、足の速さだけではない。

大抵の亭主は、女房に逃げられたと知り、取り乱す。中には、呼び出しには応じないと騒ぎ、呼び出し状を破り捨てようとする者も出る。

そういう相手に対し、「東慶寺の縁切り寺法」は公儀に認められていること、院代の名が記された呼び出し状を粗略には扱えないことを伝え、手際よく諭《さと》して呼び出しに応じさせるのも、飛脚の役目だ。機転と人あしらいの才が大切なのは、御用宿と同じである。

そうして呼び出しに応じて東慶寺へやって来た、亭主と身内からも言い分を聞いた上で、寺役人と尼僧を交え、話し合いが持たれる。

この話し合いの場で、行き違いや互いの不平不満が明らかになり、元の鞘《さや》に戻る夫婦も珍しくない。そうなれば、駆け込みはなかったことになる。

女の離縁の望みが揺らがず、亭主が離縁状——三行半《みくだりはん》を書くことを受け入れると、内済離縁が整い、駆け込み女は晴れて独り者となる。三行半は亭主から突き付けられるものではあるが、これがなければ女は他の男と所帯を持つことができない。

女にとっても、三行半は大切なものなのだ。

一方、亭主方が離縁を拒み通した時は、女は足かけ三年、都合二十と四月《よつき》の間、東慶寺に身を置き、寺の勤めをこなせば、寺法離縁が整う。亭主の三行半は不要だ。

離縁が整った後も、亭主が女房や寺との約定を守らず、揉《も》め事を起こした時の為に、また、再び女房を連れ戻さないよう、念書を書かせる。子の扱いや詫《わ》び金、持ち物の扱いなども、証文を交わす。

三行半を貰ってから、あるいは、寺法離縁が整って寺を出てからも、駆け込み女を護《まも》れるように。

そのための細かな寺法と証文の体裁を盤石なものに整えたのが、法秀尼だ。

喜平治の話を聞いて、お民が戸惑ったように溜息《ためいき》を吐いた。

「随分と、大事《おおごと》なんですね」

喜平治が苦笑いを零《こぼ》した。

「そりゃあ、駆け込みだからなぁ」

お民が、ようやく事の大きさに気づいた、という顔をした。

やんわりと、桂泉尼がお民に問う。

「駆け込みを、思い留《とど》まりますか」

お民が、きっと桂泉尼を見返した。やはり、気が強い。

「いいえ。あたしの心は変わりません」

桂泉尼と喜平治が、揃って疲れたような溜息を吐いた。ともかく、二人の本音を聞き出さないことには、話が進まない。

茜は、お民を促した。

「では、『柏屋』へ行きましょうか。おうねさんも逗留しています」

お民が、険しい顔で頷いた。

桂泉尼が、茜にだけ聞こえるほどの小さな声で、そっと呟《つぶや》いた。

「怖い顔。お姑《しゅうとめ》さんと、折り合いが悪いのかしらねぇ」


ともかく、呼び出し状を二通、京橋の「浜家」まで届ける手筈《てはず》を整えてから、茜は、桂泉尼、喜平治と共に、お民を連れて「柏屋」を訪ねた。

おうねは、今度は勝手にいるという。

お民には、あてがわれた部屋で待つように伝えたが、姑の元へすぐに行くと言って聞かないので、連れていくことにした。

勝手の外まで、料理人の弾んだ声、おうねの楽し気な笑い声が聞こえてくる。

お民の瞳《ひとみ》には、気の強い顰《しか》め面とは裏腹に、苦しい色が浮かんでいた。

喜平治が、おうねに声を掛けた。

「おうねさん、ちょいといいかい」

明るい笑みで振り返ったおうねが、お民を見た途端、哀し気に曇る。

「まったく、馬鹿だね」

溜息交じりの呟きは、おうねらしくなく素っ気ない音を纏っていたが、茜は、その中にある慈しみを聞き逃さなかった。

お民が、勝気な調子で言い返す。

「おっ義母《か》さんこそ、こんな無鉄砲なことをするなんて、思わなかった」

心配そうな料理人に、「また、後でね」と声を掛け、おうねがこちらへゆっくりとやって来る。

ほんの少し、右足を重そうにしている姿を見て、お民がほっとしたように目元を和ませた。

どこも変わりはない。元気そうだ。そんな安堵《あんど》だろうか。

おうねは、まず茜達に「嫁が、お手数をおかけしました」と頭を下げ、それから厳しい目をお民に向けた。

「あたしが使わせて頂いてる部屋へ、行こうか。お民の声は大きいからね、勝手の皆さんの邪魔をしちゃあいけない」

「分かりました」

愛想のない姑と仏頂面の嫁は、張り合うように進んだ。

途中、おうねが少しふらついたところへ、側にいた桂泉尼が手を差し出したが、お民に「大丈夫」と、止められた。

桂泉尼が茜へ目配せをしてきたが、茜は「お民さんの言う通りに」と、視線で伝えた。

部屋に着くなり、おうねがお民に訊《たず》ねた。

「孫達は。お花《はな》と三太《さんた》は、どうしたんだい」

「亭主《あのひと》が、見てくれてるでしょう」

「孫吉じゃあ、心許《こころもと》ないのはお前さんだって分かってるだろう」

「お花はしっかりしてるから、大丈夫。三太のことは、お花に頼んでありますので心配いりません」

「お前さん、母親だろう」

「おっ義母さんこそ」

「孫吉は、いいんだよ。立派な大人なんだから」

「あら、心許ないって言ったのは、おっ義母さんですよ」

丁々発止、ああ言えばこう言うの遣《や》り取りを、桂泉尼も喜平治も、安堵の笑み交じりで眺めていた。

顔つきといい、遠慮のない物言いといい、絵に描いた様な嫁姑のいがみ合いだ。

だが、二人とも慣れた風で、しかもとても楽しそうだ。

桂泉尼が、ほっこりした声で言った。

「まあ、まあ、嫁姑というより、実の母と娘のようだこと」

二人が、揃って口を噤《つぐ》んだ。顰め面を見合わせる間合いも同じ、ぷ、と噴き出したのも一緒だった。

桂泉尼の言葉通り、まるで実の母娘《おやこ》のように、ひとしきり笑い合ってから、おうねが、お民に訊ねた。

「なんだって、こんな馬鹿な真似したんだい」

先刻は、馬鹿と言われ「おっ義母さんこそ」と言い返していたお民が、真摯《しんし》な目でおうねを見つめた。

「理由《わけ》は、おっ義母さんと同じですよ」

おうねは、お民からすっと視線を逸《そ》らして言った。

「あたしは、東慶寺様を一度拝んでみたかっただけですよ」

「ですから、あたしも同じです」

「お民は、老い先短いあたしとは違うだろう。離縁してまで拝みに来ることはない。

いいから、早くお帰り」

「おっ義母さんは、どうするんです」

「あたしは、ここでお世話になるよ」

「だって、東慶寺様を拝みたかっただけなんでしょう。だったら、もう用は済んだじゃありませんか。そういうくだらない用でいつまでも御厄介になってたら、おっ義母さんこそ、御宿や御寺様のお邪魔ですよ」

ぐふ、と、喜平治が妙なうめき声を上げた。

いくらなんでも、姑に向けた言葉の選び様ではないだろうに。

喜平治の顔に、そんな心配が浮かんでいる。

だがおうねは、また楽し気に笑った。

「家《うち》の外でも、お構いなしだね。言うじゃないか、お民」

「そりゃ、おっ義母さんの娘ですから」

お民の言葉に、おうねが驚いた顔をした。

お民は、差し向かいに座ったおうねの皺《しわ》深い手に、自分の両の手を重ねた。

「あたしは、嫁入りした時から、そのつもりです。お義父《と》っつあんもおっ義母さんも、本当の娘みたいに接してくれて、初めから『浜家』の身内として扱って貰《もら》えて、嬉《うれ》しかった。だから、ねぇ、帰ろう、おっ義母さん。お義父っつあんも、心配してる」

「ちゃんと、東慶寺様に駆け込む、って書いて残してきたじゃあないか」

「だからって、心配しない訳ないでしょう。お義父っつあんだって、あたしだって」

おうねの瞳が、哀し気に揺れた。

茜は、気づいた。

「心配している」中に、息子の孫吉が入っていない。

お民が言葉を重ねる。

「『浜家《みせ》』も、おっ義母さんがいなくなって、あのひとは全く頼りにならなくて、大変だったんだから。御贔屓《ひいき》さんは、みんな寂しそうにしてた」

おうねが、呆《あき》れた笑いを浮かべた。

「大変なとこへきて、お民まで出て来ちまったら、もっと大変だろうに」

微《かす》かに、お民がばつの悪そうな顔をした。

「あ、あたしは、ほら。おっ義母さんを連れ戻す方が大事《だいじ》だもの。お義父っつあんは、店があるし、おっ義母さんの気の済むようにさせてやれって、言うばっかりだし」

ぽつりと、おうねが訊いた。

「うちのひと、どうしてる。ちゃんと食べて、ちゃんと寝てるかい」

静かに、お民が答える。

「大丈夫。いつもと変わらないよ。相変わらず無茶しやがるって、笑ってた」

ねぇ、と、お民がおうねへ、力を込めて呼びかけた。

「さっき、こちらのお役人様に教えて貰ったの。亭主や身内、名主様を御寺様まで呼び出すんだって。二十と四月お寺のお勤めをしなくても、話し合って、亭主が三行半《くだりはん》を書くこともあるのよ。意地張ってたら、あのお義父っつあんの様子《み》じゃ、すんなり三行半書いちゃうかもしれない。それでおっ義母さんが喜ぶならって、きっと思ってる。だからねぇ、帰ろう」

茜は、喜平治に急いで囁《ささや》いた。

「平さん。梅さんに出立を待ってもらって下さい」

お民との遣り取りを聞く限り、おうねの本心は「離縁したくない」らしい。一方、亭主の彦蔵に呼び出し状を届けに行けば、その場で三行半を書いてしまうかもしれない。

喜平治は、素早く茜の意図を察してくれた。

「分かりやした」

短く応じ、そっと部屋を出る。

お民は懸命におうねを促している。

「あたし、おっ義母さんが帰ってくれるなら、駆け込みを止める。おっ義母さんと一緒に帰る」

けれどおうねは、少し寂し気に笑むのみで、何も言わない。

ふいに、お民の目に涙が滲《にじ》んだ。

茜も驚いたが、桂泉尼も驚いたようだ。形の良い唇に、ふっくらした指を当てて、嫁と姑《しゅうとめ》を見比べている。

そして誰よりも驚いたのが、おうねだったようだ。

「お民。お民」

少し取り乱して、実の娘のような嫁を呼ぶ。

湿った声で、お民が訴えた。

「おっ義母《か》さん。みんな、あたしがいけないの。まさか、あのひとがあんな酷《ひど》いことを言うなんて。もっとあたしが、ちゃんとあのひとを窘《たしな》めてれば。実の母親は大事にしなきゃって、諭《さと》してれば」

「お民のせいじゃあないよ。あたしが育て方を間違ったんだね。だから、身から出た錆《さび》さ。むしろお前にはとんだ貧乏くじを引かせちまった。堪忍しとくれ」

おうねの詫《わ》びに、お民は幾度も首を横へ振った。

あの、と桂泉尼がそっと口を挟んだ。

「お民さん。それに、おうねさんも。そろそろ詳しい話を、聞かせて頂けますね」

お民とおうねは顔を見合わせ、二人揃って小さく頷《うなず》いた。

口を開いたのは、おうねだった。

＊

「浜家」は、おうねが彦蔵と所帯を持ってすぐの頃、辻蕎麦《つじそば》の屋台から始めた店だ。

彦蔵は、日本橋《にほんばし》の料亭で包丁を握っていたが、いつか自分の店が持ちたいと思っていた。おうねがそれを後押しし、二人で辻蕎麦を始めた。

彦蔵の料理の腕と、おうねの明るい人柄が評判を取り、辻蕎麦から表店《おもてだな》に小さな一膳飯屋《いちぜんめしや》を出せるまでになった。

一膳飯屋と言っても、昼飯、夕飯は勿論《もちろん》、酒肴《しゅこう》も扱う店で、朝から晩まで、客の足は途絶えなかった。

河岸に出入りする人達で賑《にぎ》わう大根河岸に店を移してからは目の回る忙しさで、あっという間に孫吉が生まれ、育ち、お民を嫁に迎え、そして気づいたら、おうねの髪は真っ白になっていた。

息子夫婦が店を手伝うようになっても、勝手を仕切るのは彦蔵で、店に出て客の相手をするのは、おうねだった。

贔屓客の目当ては、彦蔵の旨《うま》い飯や肴《さかな》と、明るいおうねだったから。

おうねが中風で倒れたのは、半年前、寒さの厳しい朝のことだった。

幸い、命は助かったが、右手と右足が不自由になった。初めは殆《ほとん》ど言うことを聞かなかった手足も、医者の教え通りにおうねは懸命に動かし続けた。お民の手助けもあって、足は少し重そう、という程まで、右手は左手を添えれば物が持てるまでになった。

おうねにとって、彦蔵と共に大きくしてきた「浜家」は、いわば我が子のようなものだった。

贔屓客も、おうねの顔を見たがった。

だからおうねは、また店に出た。

贔屓客は喜び、おうねの身体を労《いた》わってくれた。

寡黙な彦蔵は普段とまったく変わらなかったけれど、店に出ることを「好きにしろ」と言ってくれたのが、亭主の優しさだとおうねは知っていた。

お民も、右手の利きづらいおうねを、さりげなく手助けしてくれた。

その一切が、有難くて泣けてきた。

ただひとり、おうねが思うように動かなくなった手足をおして店に出るのを快く思っていなかったのが、息子の孫吉だった。

年寄りは孫の相手をしてりゃいい。客あしらいはお民に任せろ。ばばあよりも若い女の方が、客は喜ぶ。

そんな憎まれ口でおうねを止めようとしていた。

それでもおうねが店へ出始めると、おうねを邪険にするようになった。

初めは、勝手や裏口、店を閉めてからだけのことだったが、日を追って、あからさまになっていった。

お民に窘められたり、彦蔵に叱られたりすると一旦《いったん》は大人しくなるものの、すぐにおうねへの当たりが強くなる、の繰り返しだった。

ある日の昼飯時のことだ。贔屓《ひいき》客と楽し気に話し込んでいるおうねを、勝手から息子が苛々《いらいら》と睨《にら》んでいた。

亭主の機嫌の悪さを察したのだろう、お民が明るい声で取り成してくれた。

――やっぱり、おっ義母さんがいると、店の中がぱっと明るくなるわねぇ。

そうだ、そうだと贔屓客が盛り上げてくれた。

息子の顰《しか》め面は、なお酷くなった。

おうねが帰った客の器をひとつだけ、左手に持って勝手へ下げに行った時、息子が難癖をつけてきた。

――一度に下げられるのは、たった皿一枚だけかよ。まどろっこしくて蠅が止まらあ。

たまっていた苛立ちが、そのまま出てしまったのだろう。いつもの憎まれ口よりも、大きな声になった。

聞きとがめた贔屓客達が、口々に孫吉を叱った。

この間から気になってたんだけどよ。てめぇ、母親に向かって、なんて口を利きやがる。

病をおして店に出てくれてるおっ母《か》さんを、労わろうってぇ気がねぇのか。おいら達が、おうねさんの顔を見てぇんだ。おうねさんがいねぇんじゃあ、金輪際食いにこねぇぞ。

顔を青くして言い返そうとした孫吉に、彦蔵が厳しく言いつけた。

――孫、今日はもういい。俺がいいって言うまで、店の勝手に入るんじゃねぇぞ。

彦蔵が、客の前で息子を叱ったのも、店から締め出したのも初めてのことだ。

孫吉の苛立ちと怒りは、おうねに向いた。

住まいにしている二階へ様子を見に行ったおうねに、孫吉は言い放った。

――役立たずの癖に、でかい顔しやがって。これじゃあ、役立たずどころかおいらとお民の邪魔にしか、なってねぇじゃねぇか。

おうねを追ってきたお民が、顔色を変えて亭主を叱ったが、孫吉はお民にまで当たり散らした。

――お前《め》ぇは、どっちの味方だ。役に立たねぇ年寄りを、甘やかすんじゃねぇっ。役立たず。邪魔。

息子のその言葉が、頭の中で木霊した。

おうねの中で、ふつりと、何かが切れる音がした。

＊

お民は、申し訳なさそうに俯《うつむ》いている。

おうねはほろ苦い笑いを浮かべていた。

「息子に役立たず、邪魔って言われてね。鏡を見てみたんですよ。真っ白い髪に、皺《しわ》くちゃな顔を見てね。ああ、あの子の言う通りだなって」

お民が、必死で頭《かぶり》を振っている。おうねが静かに続けた。

「少しでも『浜家』の為になるなら。お客さん達が喜んでくれるなら。うちのひとや息子夫婦の為になるならって、店に出てたけど。役立たずで、邪魔ばっかりしてちゃあ、いけませんよね」

桂泉尼が、おうねに言った。

「ですが、この『柏屋』では、おうねさんはあっという間に頼りにされるようになったではありませんか。元々明るい宿でしたが、おうねさんが来てからは、皆、大層楽しそうにしています。それはきっと、おうねさんの一膳飯屋でも同じ。かけがえのないお人なのだと思いますよ」

お民が、おうねに訴えた。

「あたしだって、おっ義母《か》さんがいたから、毎日楽しかった。お義父《と》っつあんも、きっとそう。御贔屓の皆さんもおっ義母さんの明るい顔を見に、来てくれてるのよ。きっと今頃、みんな寂しがってる。あのひとだって、へそ曲がりなだけ。だから、ねぇ、帰ろう」

ふう、とおうねが細く長い息を吐き出した。「あのね、お民」と穏やかな声で切り出す。

「孫吉に、邪魔だの役立たずだの、言われたことだけじゃあ、ないんだよ」

「え」

お民に、戸惑ったように訊《き》き返され、おうねは続けた。

「鏡の中の、真っ白い髪で皺くちゃのばあさんを見てるうちに、ふと考えたんだ。うちのひとと所帯を持ってからこうなるまで、あたしは何にもしてこなかったなって」

「そんな」

「いいから聞いとくれ。来る日も来る日も、うちのひとの側で働いてきた。そりゃあ楽しかったよ。お客さんは良くしてくれたしね。少しずつ屋台が立派になって、表店《おもてだな》に店が持てるようになって、今の場所に移って店を大きくして。うちのひとも思い通りの料理を出せるようになった。楽しかったよ、とっても。今だって『浜家』が我が子みたいに大事なのは、変わらない。けどね、こうして身体が利かなくなって、思った。もっと年を取れば店には出られなくなる。うちのひとも同じだ。いずれ、お前達夫婦に譲る時が来る。そうなって、あたしの手の中には何が残るのだろう。嫁入りしてからは、とにかく大忙しで、芝居にも花見にも、行かなかった」

「だったら、お義父っつあんと二人で、ゆっくりすればいい。芝居でも、桜は随分後になるけど、紅葉《もみじ》見物でも。二、三日なら、あたしとあのひとで、どうにでもなるから」

くすりと、おうねは笑った。

「どうしても芝居が見たい、花が見たいってわけじゃないんだよ。『浜家』とは全く関わりのないことを、やってみたかった。ただ、見たことのない景色を、見たいと思った。孫吉に役立たずって言われたからって訳じゃあないんだけどね、『浜家のおうね』じゃない『誰か』になったら、どんな風だろうって、思ったんだ。お民、あたしは、中風なんて恐ろしい病に罹《かか》ってからねぇ、人の命なんていつどうなるか分からないって、身に沁《し》みた。だから、やりたいって思ったら、今しかない、すぐにやるしかないって思っちまってね」

茜は、訊《たず》ねた。

「どうして、東慶寺の駆け込みだったんですか」

おうねが遠い目をした。

「『浜家』から離れてどこへ行こうって考えた時、ふっと思い出したんですよ。商売柄、いろんなお客さんを見て来ました。うちはお客さんに恵まれたから、いい人ばかりだったけど、たまにそうじゃあない人もいた。ろくでもない亭主、底意地の悪い姑《しゅうとめ》。そして、そんな奴と別れたい、逃げたいと泣く女房にも会った。そういう女客は、屋台の時の方が多かったねぇ。あたしもうちのひとも、話を聞くことしかできなかったけど、よく、こう言って慰めてたんですよ。『鎌倉の松岡には、お前さんみたいな女子《おなご》に手を差し伸べてくれる御寺様があるそうな。いざって時には、身ひとつで鎌倉へ行きゃあ、きっと、お優しい尼様が助けてくれるよ』って。自分には逃げる場所がある、助けてくれる人がいるって分かっただけで、随分心が軽くなるみたいでね。大抵、少し明るい顔になって、帰って行ったっけね。噂をするだけで辛《つら》い女子達の救いになる尼様方に、会ってみたいって、思っちまったんですよ」

ここに秋山尼がいたら、「わたくし達は見世物ではありません」と、また腹を立てたかもしれない。いや、辛《つら》い思いをして東慶寺へ逃げ込んだ秋山尼も、きっと気づいたろう。

役立たず。邪魔。実の息子から言われた言葉が、どれほど深い闇の底へおうねを追いやったか。

何もかも捨てて、違う人間になりたかったのではない。

今まで築いてきた何もかもを、おうねは失った気がしたのだ。

そして、何もかも失くした自分を、誰かに救って欲しかった。

他の女達とは少し違うけれど、おうねもまた、東慶寺に救いを求めた女だ。

実の母娘《おやこ》のように接してきたというお民も、おうねの悲しみを感じ取ったようだ。

腹を据えた目になって、大きくひとつ、頷《うなず》く。

何を決心したんだ。

茜が止める間もなく、お民は力強く告げた。

「決めた。やっぱりおっ義母さんもあたしも、離縁しよう」

おうねの悲しみを分かったところまではいい。だが、なぜ話がそっちへ行く。

「ちょっと、待――」

茜の言葉に被《かぶ》せるようにして、お民が続ける。

「元々、おっ義母さんを連れ戻すことが出来なければ、江戸へは戻らないつもりで出てきたんです。正直、亭主には愛想が尽きてたとこなの。おっ義母さんが東慶寺へ行ったって知った時、亭主、こう言ったんです。『なんだ、そんな遠出が出来るんなら、元気なんじゃねぇか。案外中風ってのも、仮病だったのかもな』って。それを聞いて、あたしも東慶寺へ向かおう、おっ義母さんと一緒に、尼様にでも何でもなろうって。大丈夫、二人ならなんとかなる。おっ義母さんのやりたいこと、みんな、やってみよう」

茜は頭を抱えたくなった。

「あらら」

呟《つぶや》いた桂泉尼のおっとりした声音が、やけに恨めしく思えた。

お民の言葉通り、おうねとお民は、楽し気に過ごしていた。二人で「柏屋」を手伝いながら、すべて済んだ後々のことを語り合っていた。小耳に挟んだ奉公人達でさえ心が弾むほど、幸せそうな遣《や》り取りだったそうだ。

東慶寺では、ようやくおうねとお民の、駆け込み始末が動き出した。

経緯《いきさつ》が経緯だ。茜達は法秀尼に諮って、まずはおうねとお民の亭主、彦蔵、孫吉父子だけを呼び出すことにした。

呼び出し状は梅次郎に運んでもらった。「浜家」一家の経緯は伝えたので、彦蔵がその場で「三行半《みくだりはん》を書く」と言い出しても、上手《うま》く止めて東慶寺へ来るように促してくれるだろう。

江戸から戻った梅次郎は、どこか楽しそうだった。

こっちは江戸より風が涼しい、と上機嫌な梅次郎を、茜、桂泉尼と秋山尼、喜平治は、寺役所で囲んだ。

「なんでぇ、おっかねぇなあ」

秋山尼が、ずい、と梅次郎に近づき、急《せ》かした。

「それで、彦蔵さんは呼び出し状を受け取ったんですか。孫吉さんはどんなお人だったんです」

桂泉尼が、まあ、まあ、と秋山尼を宥《なだ》めた。

「まずはお茶と『柏屋』さんのお饅頭《まんじゅう》をどうぞ。甘い物を頂くと、心が穏やかになりますよ」

「それは、桂さんだけです」

文句を言いながらも、秋山尼は言われた通り、饅頭をひとつ手に取った。

梅次郎も、二つに割った饅頭の片方を、ぽい、と口に放り込んだ。忙《せわ》しなく茶で流し込んでから、切り出す。

「おいらも、親不孝の孫吉がどんな野郎なのか、拝んでやろうって思ってたんだけどよ。まあ、見物《みもの》だったぜ」

＊

梅次郎が「浜家」へ着いた時、店は開いていて、常連らしい客が大勢いた。午《ひる》を過ぎ、そろそろ八つ刻《どき》という頃合いで、大根河岸の人出も落ち着き、飯時《めしどき》からも外れている。なのに客がいることに、梅次郎は少し驚いた。

身内ではない者に聞かせるような話ではない。出直そうと店先を通り過ぎかけた時、客のひとりが出てきて、声を掛けてきた。

「飛脚の兄さん、『浜家』へ届け物じゃねぇのかい」

後から出てきたもうひとりが、続く。

「おらあ、目が合ったぜ。お前《め》ぇさん、鎌倉の縁切寺から来たんだろう」

梅次郎が返事をするより早く、客達に店の中へ引っ張り込まれ、あっという間に客に取り囲まれた。

初めに梅次郎に声を掛けた男が、言う。

「この店の常連仲間がよ、言うんだ。女房が縁切寺に駆け込んだら、亭主と実家、それから名主んとこにも飛脚が来るはずだって」

小柄な男が、おう、と進み出た。

「丁度一年前だ。うちの姉ちゃんが縁切寺に駆け込んじまって、そりゃあ大騒ぎだったんだ。その時、家《うち》にも飛脚が来たぜ。おっ父《と》うとおっ母《か》あが腰抜かしそうになってよ。で、鎌倉へ呼び出されて、ないないない離縁ってのに、落ち着いた」

そりゃ、「内済」離縁、だな。

梅次郎は、腹の裡《うち》で言い直しながら、笑いを堪《こら》えた。

初めの男が、梅次郎の顔を覗《のぞ》き込んだ。

「それで、『浜家』にも飛脚が来るだろうって、暇を見つけちゃあこうして、皆で待ってたって訳だ」

「そうそう、店の前を通ったそれらしい飛脚捕まえて、鎌倉から来たんじゃねぇかって問い詰めて、兄さんで四人目、いや、五人目だったか」

梅次郎は、とうとう噴き出した。これはもう、誤魔化せない。

「御身内が、東慶寺に駆け込んだって。世の中ぁ狭《せめ》ぇもんでごぜぇやすね」

梅次郎を取り囲んでいた客の輪が、きゅっと狭まった。

「それじゃあ、やっぱりお前ぇさん」

「へぇ。東慶寺から参りやした。彦蔵さんと孫吉さんは、どちらに」

「彦蔵は、あっしでごぜぇやす」

輪の外から、渋い声がした。客達が避《よ》けると、生真面目で頑固そうな、六十絡みの男が、佇《たたず》んでいた。

梅次郎は、辺りを見回して訊《き》いた。

「孫吉さんは、留守ですかい」

彦蔵が厳しい声で三度《みたび》呼んで、ようやくのろのろと、勝手から男が出てきて、彦蔵の斜め後ろで立ち止まった。

生真面目そうな眉間《みけん》の皺《しわ》は父親譲りだが、愛嬌《あいきょう》のある目と口許《くちもと》は、母のおうねによく似ている。

梅次郎は、一歩前に進んで告げた。

「東慶寺院代、法秀尼様からのお呼び出しにごぜぇやす」

呼び出し状を差し出し、更に口上を続けようとした梅次郎を遮って、孫吉が喚《わめ》いた。

「お、おいらぁ、関わりねぇっ。縁切寺へ行ったのは、おっ母あだっ」

梅次郎は静かな怒りを載せて、孫吉を見た。

「おっ母さんのことですぜ。お前ぇさんは『関わりねぇ』と、おっしゃる」

孫吉が、顔色を失くした。怯《おび》えたように一歩下がる。

寺飛脚が余計な口を利いてはいけないのは承知だ。ましてや説教がましいことをするのは、あきらかに分を超えている。だがこの馬鹿息子にはどうにも、辛抱が効かなかった。

客達が一斉に笑った。

「兄ちゃん、言うじゃねぇか」

「すかっとしたぜ」

「おいら達も、この甘ったれ息子にゃあ、言ってやりてぇことが山ほどある」

「お前ぇ、やりてぇもなにも、しょっちゅう説教垂れてやがるじゃねぇか」

口々に言い合っては、また、がはは、と笑う。河岸に出入りする男達は、笑い方も物言いも、豪快だ。

こいつはどうも、と客達に頭を下げてから、梅次郎は孫吉に向き直った。

「差し出口をご無礼いたしやした。ですが、お前ぇさんにも、院代様からの呼び出し状がありやす。お内儀《ないぎ》さんのお民さんが、今松岡においでなのは、ご存じでやすか」

口ごもった孫吉の代わりに、客が答えた。

「おお、知ってるぜ。東慶寺へ行きますってぇ、おうねさんと揃いの書き置き残して消えちまったってぇ、大騒ぎしたのは、孫吉、お前ぇだろうが」

むきになって、孫吉が言い返した。

「お民は、おっ母あを迎えに行っただけだっ。お民の奴は、おっ母あと仲が良かったから。おいらの肩より、おっ母あの肩ぁ持ちやがるんだ、あいつ」

今度は、女房への文句か。

梅次郎の心に、ちょっと虐《いじ》めてやりたいという欲が、沸き上がった。あらぬ方を向いて、つい零《こぼ》れた独り言の体で呟《つぶや》く。

「ああ、確かにお二人は、仲良くしてたなあ。けど、尼様方との話を小耳に挟んだ限りじゃあ、『亭主には愛想が尽きた。離縁だ』と言ってたようだったが、ありゃあ、違う女人のことだったか」

　孫吉が、へなへなと、腰を抜かした。

　客達は、また笑った。

「ほら、見ろ。お前ぇがおっ母さんを邪険にするからだ」

「おうねさん思いのお民さんが、腹を立てねぇ訳がねぇ」

　湿気《しけっ》たするめのように、ぺたんとその場に座り込んでいた孫吉が、やにわに立ち上がった。

「おっ父う、こうしちゃあいられねぇ。すぐに鎌倉へ行こう」

「まあ、待て」

　それまで黙って客と梅次郎、息子の遣《や》り取りを聞いていた彦蔵が、孫吉を止めた。

　梅次郎に問う。

「おうねは、どうしていやすか」

「お民さんと、元気で過ごされてやす。逗留《とうりゅう》頂いてる御用宿の人気者でさ」

　客達が、どっと沸いた。

「おうねさんらしいや」

　彦蔵が、問いを重ねる。

「あいつは、手足が不自由なんですが、そっちは。病の兆しは出てやせんか」

「全く、心配いりやせんよ。医術の心得がある尼様が、気を付けてやすんで」

ふ、と彦蔵が微笑んだ。

「身体だけが心配だったが、そいつはよかった。おうねが本心で望んでるんなら、あっしは離縁してもいい。なんならこの場で三行半《みくだりはん》を書いても、ようごぜぇやす」

「おい、大将」

客達が慌てた様子で彦蔵を窘《たしな》めたが、彦蔵は腹を据えているようだ。姐《ねえ》さんが案じた通りだな。

梅次郎は声に出さず呟いてから、彦蔵に答えた。

「そいつは、彦蔵さんが直に、おうねさんに確かめた方がいい。長年連れ添ってきたんだ。顔を見りゃあ、おうねさんの本心の見当くれぇは、おつきになるでしょう」

孫吉の時と違い、客は言葉少なに、「そうだよ、大将」「行って、確かめてきた方がいいぜ」と背中を押すのみだ。

彦蔵は、暫《しばら》く梅次郎の顔を見つめていたが、やがて小さく頷《うなず》いた。

「承知いたしやした。お呼び出しに従いやす」

ほっとした様子の客達は、陽気に笑い合うかと思いきや、一転厳しい顔になって、孫吉を取り囲んだ。

「いいか、孫吉。鎌倉へ行ってまで、おっ母《か》さんを邪険にするんじゃねぇぞ」

「這《は》いつくばって詫《わ》びてでも、おうねさんとお民さんを連れ帰ってこい」

「おいら達が待ってるって、伝えるのも忘れるなよ」

＊

梅次郎は、楽し気に言った。

「『浜家』の贔屓《ひいき》客達はみんな、気持ちのいい奴らだったなあ。ありゃあ、食い物《もん》の旨さもあるが、主《あるじ》夫婦の人柄が、ああいう奴らを集めてるんだ」

おうねを叱りつけてからこちら、置き去りにされていた恰好《かっこう》の秋山尼が、梅次郎に訊《たず》ねた。

「それで、おうねさんの息子、様子はどうでしたか」

「どうって。すぐにでも江戸を発《た》つ勢いさ。よっぽどお民さんに惚《ほ》れてるんだなあ」

少し苛立《いらだ》ったように、秋山尼は言い直した。

「そうではなく。おうねさんに詫びる気はありそうですか」

梅次郎が、ううん、と唸《うな》って腕を組んだ。

「今まで、親父さんや女房、贔屓客に窘められたって聞かなかった奴だ。どれだけ、身に染みてるかも分からねぇし、正直、あの性根は早々変わらねぇと思うぜ」

「では、松岡へ来ても、自分の母親を邪険にするかもしれないのですね」

「さあねぇ。ここにはおっかねぇ尼様がいるから、役所じゃあしおらしいかもな。けど、戻ったらどうなるか。彦蔵さんもおうねさんも、息子の性根が分かってるから、離縁ってぇ手立てに出たんだろうしなあ」

「そうですか」

秋山尼が、厳しい顔で応じた。桂泉尼がくすくすと、笑い声を立てる。

「まあ、腕まくりでもしそうな勢いですね」

秋山尼は、つんと鼻を上に向け、大威張りで言い返した。

「いけませんか」

「いけなくはないですけれど」

「親子や身内だと、甘えが出ます。梅さんの話を聞く限り、贔屓客の方々も、身内のようなものなのでしょう。おうねさんとお民さんの駆け込みをご承知だったくらいですから。その甘えが孫吉とやらを付け上がらせたんです。となれば、赤の他人の出番でしょう」
桂泉尼が、皆に聞こえるほどの小声で、茜に囁《ささや》いた。
「孫吉とやら、ですって。お偉い御役人様のよう」
茜は、ぼんやりとした苦笑いで応じた。
身内というのは、実の親を邪険にしても許されると思う程の甘えが出るものなのか。
身内の言葉は聞かなくても、赤の他人に叱られると身に沁《し》みるものなのか。
二親に可愛がられた思い出がなく、幼い頃に寺へ捨てられた茜には、良く分から
ない気持ちだ。
今の茜にとって、法秀尼を始めとする東慶寺の人々は、皆身内のように思ってい
たが、どうして、身内への「甘え」が邪険にすることと繋《つな》がるのか、そして他人の
言うことなら聞くかもしれない、という話になるのかが、見えない。
それが、少し寂しかった。
桂泉尼は案じるような視線を茜に投げかけたが、すぐにおっとりした笑顔で秋山
尼をからかった。
「秋さんは、おうねさんに腹を立てていたのではなかったかしら」

秋山尼が胸を張って言った。

「勿論《もちろん》、まだ怒ってますよ。たとえどんな本心を隠していようと、畏《おそ》れ多くも松岡御所へ『物見遊山で駆け込んだ』なぞと口にする者は、許せません」

「あら、まあ。それにしては、先刻から、おうねさんを心配なさっているような仰《おっしゃ》りようですこと」

秋山尼は、ばつの悪そうな顔をして、視線を泳がせた。

「それとこれとは、話が別です。本気で助けを求めている女子《おなご》には、手を差し伸べなければ」

桂泉尼が、再び皆に聞こえる程の小声で、茜に耳打ちした。

「つまり、先日おうねさんの言い様に腹を立てて暴れたことを悔いている、ということのようです」

秋山尼は、大威張りで言い直した。

「暴れてなんかいません。暴れかけただけです」

「止めなければ、暴《こら》れてましたでしょ」

喜平治が笑いを堪え損ね、ぶふ、と派手に咽《むせ》た。

茜は笑いを堪えながら、二人の「じゃれ合い」に割って入った。

「そろそろ、話を進めても構いませんか」

仲の良い尼二人は、顔を見合わせ、息の合った様子で頭を下げた。

「これは、失礼いたしました」

「申し訳ありません」

茜は二人に頷きかけてから、喜平治を見た。

「院代様は、おうねさんとお民さんの力になるように、と仰せです」

本当に離縁したいのなら、離縁の道を。元の鞘《さや》に戻って幸せになるのなら、こじれてしまった関わりをほぐし、背中を押す。

それが、松岡の縁切寺のやり方だ。

喜平治が笑った。

「では、孫吉さんは秋山尼様にお任せするのが、よい策かと」

誰もが大きく頷いた。

秋山尼が、さらに胸を張って、目を輝かせた。

彦蔵、孫吉父子が鎌倉に着いた。孫吉とお民の二人の子は、隣家に預けてきたそうだ。

父子は、御用宿の一、「仙台屋」へ逗留《とうりゅう》することになった。

早速役所で喜平治が二人から言い分を聞き、次の日、おうね、お民と話し合いを持つことになった。

おうねとお民の存念を訊ねても聞き出せず、逗留は別の宿ということ、明日の話し合いまで会えないことを知り、孫吉は不服気な顔をしたが、梅次郎の姿を見た途端、大人しくなった。

喜平治が、茜にそっと囁いた。

「よっぽど梅に脅されたんでしょうが、今からあんなに小《ち》っちゃくなって、秋山尼様を前にしたら、一体どうなることやら」

いつの間にか、二人の近くに来ていた梅次郎が、にやにや顔で茜に言った。

「秋山尼様がまた暴れそうになっても、姐《ねえ》さんが止めてくれよ」

喜平治が、顔を顰《しか》めた。

「梅、止《よ》せ。洒落《しゃれ》にならねぇ」

次の日、喜平治と梅次郎の心配を他所《よそ》に、話し合いの座にやってきた秋山尼は、静かで、しとやかだった。穏やかな笑みさえ浮かべている。

孫吉は、「可愛らしい尼様」に気の抜けた顔をしたが、居合わせた東慶寺の人間は、ある者は苦笑を、またある者は唾《つば》をこっそり呑《の》み込んだ。

桂泉尼が、おっとりと、今度は茜にだけ聞こえるように囁いた。

「秋さん、いつにも増して、気合が入っていますね」

喜平治が、軽い咳払《せきばら》いをひとつ、「さて、始めやしょうか」と切り出した刹那《せつな》、秋山尼の目がきらりと光った。

まっすぐに孫吉を見つめ、しとやかな口調で問う。

「木の股《また》から生まれたお馬鹿さんというのは、お前様ですか」

茜と喜平治は、こっそり顔を見合わせた。孫吉の抑えになるだろうと、立ち会うことになった梅次郎が、桂泉尼と顔を見合わせ、笑いを堪えている。

「お馬鹿さん」は、秋山尼が相手をやり込める時に使う、口癖のようなものだ。

孫吉が、誰のことだ、という目で居合わせた者の顔を見比べた。

「そこの、あちこち見回しておいでのお馬鹿さん。そう、お前様のことです。ああ、木の股から生まれた、というのは、『男女の情を解さない』喩《たと》えではありません。言葉、そのままの意味です」

おうねとお民は、よく似た驚き顔で秋山尼を見ている。

さあ、始まったぞ。

茜は軽く身構えた。

秋山尼が、つん、と鼻を上に向けた。これも、勝気な性が表に出る時の、秋山尼お決まりの仕草だ。

「あら、違いましたかしら。病を得た母御を労《いた》わらないばかりか八つ当たりさえし、窘《たしな》める父御の言葉も聞かない。親を親とも思わぬ身勝手な甘えん坊。そう聞いていましたので、わたくしはてっきり、血を分けた親を持たぬ、木の股あたりから生まれたお馬鹿さんなのかと、思っておりましたが」

孫吉は、ようやく、言われていることが分かったようだ。顔を真っ赤にし、むきになって言い返した。

「お、お、おいらが甘えん坊だって」

秋山尼が、呆《あき》れかえった顔になった。

「気になるのは、そこですか。そうではないかと思っていたのですが、本当に甘えん坊だったということですね。いいですか。とことんお馬鹿さんなようですので、教えて差し上げます。図星、という言葉がありましてね。人は痛いところを突かれると、大抵怒るものなのです」

息子の随分な言われように、おうねと彦蔵が気を悪くしないか、茜は見守っていたが、おうねも彦蔵も、神妙な面持ちで、静かに秋山尼の言葉に耳を傾けている。

「身勝手な甘えん坊で、お馬鹿さん。親御様と御内儀《おないぎ》のご苦労がしのばれます」

「な、なんだとっ。こっちが下手《したて》に出てりゃ、いい気になりやがってっ。おいらは、お民を迎えに来たんだ。女のお前に、何がわかるっ」

「だまらっしゃい」

秋山尼の、凜《りん》と声を張った叱責《しっせき》は、誰よりも早かった。

目元を厳しくした彦蔵よりも、顔を青くしたおうねとお民よりも。茜は、動かなかった。孫吉は、喚《わめ》き散らしても、乱暴狼藉《ろうぜき》に走る気配がない。

本性は穏やかな男なのだろう。秋山尼なら「口でしか勝ち目のない小心者」とでも言うかもしれないが。

秋山尼が、冷たい怒りを湛《たた》えて孫吉を睨《にら》み据えた。

「口の利き方も知らぬのですか。わたくしは、お前ごときに、お前呼ばわりされる覚えはない」

傲然《ごうぜん》と言い放たれ、孫吉の顔の赤みが一気に引いた。

秋山尼の舌鋒《ぜっぽう》は緩まない。

「女のお前、と言いましたね。改めて伺いますが、お前様は、どこから生まれたのですか。本当に木の股でないのなら、女のおうねさんに産んで貰《もら》ったのではないのですか。十月十日《とつきとおか》、腹の中で育ててもらい、むつきを替えてもらい、乳を飲み、子守唄《うた》で眠り、日々おうねさんに慈しまれて、貧相なりに一人前の体軀《たいく》の男にまで、無事大きくなれたのではないのですか。それでも女を軽んじ、迎えに来たのは女房だ、母親のことなぞ知らぬ、なぞとほざくのであれば、いいでしょう。腹の中で受け取った力、乳、子守唄、慈しみ。今日までおうねさんから貰ったもの全て、今すぐ、耳を揃えてここへお出しなさい。それから、大口を叩《たた》きなさい。さあ、どうしました。速くなさい」

梅次郎が笑いを含んだ声で、「そりゃ無茶ってもんだ」とこっそり呟《つぶや》いた。

孫吉は、わなわなと震え出した。怒りではない、秋山尼に対する怯《おび》えだ。口を開いては噤《つぐ》むを繰り返しているが、言葉ひとつ出てこない。

秋山尼が、「まったく、ちょっと叱られたくらいで、情けないわね」と、町娘の頃の物言いで小さく呟いてから、再び孫吉に切り出した。

「少し、思い描いてごらんなさい。十年先、二十年先のこと」

秋山尼の声は、変わらず厳しくはあったけれど、静けさを纏《まと》っていた。

「いずれ、親御様は店から退かれる。その時、お前様と御内儀だけで店を切り盛りできますか。あっさり出来る、なぞと答えたら、怒りますよ。きちんと思い描きなさい」

怒るぞ、と脅され、孫吉は小さくなった。秋山尼が容赦なく続ける。

「お民さんや、呼び出し状を届けた寺飛脚の話から察するに、店の贔屓《ひいき》客は皆さん、彦蔵さんとおうねさんがおいでだから、通っていらっしゃるのでしょう。孫吉さんが継いだ後、贔屓客の皆さんは幾人残っていると思いますか。御贔屓の顔を思い浮かべてごらんなさい」

しゅるしゅると、孫吉が萎《しぼ》んだ。

背中を丸め、項垂《うなだ》れ、膝《ひざ》に乗せた自分の拳《こぶし》を睨んでいる。

秋山尼は黙ったままだ。答えを待っているのではなく、答えるまで容赦はしない、という腹積もりだろう。

亭主を促そうとしたのか、口を開きかけたお民を、桂泉尼が微笑んで、「し」と止めた。

随分と長い間を空け、ようやく孫吉が答えた。

「そんなこと、考えたくねぇ」

秋山尼が、眦《まなじり》を吊《つ》り上げた。

「何ですって」

怒気を孕《はら》んだ声で訊《き》き返した尼僧を、茜が宥《なだ》めた。

「秋山尼様。少し話を聞きましょう」

秋山尼は、少し不服気な顔をしたが、すぐに茜に小さく頷《うなず》いた。

もそもそと、孫吉が答える。

「おっ父《と》うとおっ母《か》あが、店からいなくなるなんて、怖くて考えられねぇ。おっ母あが中風で倒れた時だって、おいら、怖くて、怖くて。このまま死んじまうんじゃねぇかって。おっ母あが起きられるようになって、ほっとしたけど、今度は、動きづらそうにしてるおっ母あを見るのが、苦しくなった。だからつい、邪険にしちまった。中風になる前は、店ん中をすいすい動いてたのに、皿一枚客に持ってくのに苦労してる姿なんか、見たくなかったんだ。だから――」

秋山尼が、訊《たず》ねた。口調は厳しいままだ。

「その割には、おうねさんの中風は『仮病だ』と言ったというじゃあ、ありませんか。母御を案じている言葉には、とても聞こえませんけれど」

ほんの少し、孫吉が顔を上げ、答えた。

「そ、そりゃあ、仮病だったらいいな、と思ったからで――」

孫吉を遮るように、秋山尼が言い切った。

「呆れた。大の大人が、どれだけ甘えん坊なんですか」

しゅん、と孫吉が再び項垂れる。

秋山尼が、自分を落ち着けるように息を吐き出し、続けた。

「では、こう思い描きなさい。自分が親御様の歳になったことを。おうねさんのように、中風で倒れ、右手と右足が動きづらくなったとしましょう。その時、一人前になった息子や娘に、お前様が母御にしたのと同じ仕打ちをされたら、どう思いますか」

孫吉が、はっとした様子で顔を上げた。

おうねを見、自分の右の掌《てのひら》を見、もう一度おうねに視線を戻し、がくりと肩を落とした。

「済まねぇ。済まねぇ、おっ母あ」

おうねは、困った笑みを浮かべて詫《わ》びる息子を見るのみだ。

まったく、と秋山尼が呟いた。

「まだまだ、言いたいことは沢山ありますが、離縁の話もしなければなりませんから、わたくしの小言は、このくらいにしておきましょうか」

すかさず桂泉尼が、おっとりと茶々を入れた。

「まあ、まだあるんですの。それは大変」

秋山尼が、にっこりと桂泉尼に笑い掛けた。

「桂泉尼様には後程、格別にじっくり聞かせて差し上げます」

いけない、という風に、桂泉尼が唇に指を当てた。

茜は二人の様子に少し笑ってから、おうねに向き合った。

「おうねさんのお気持ちは、まだ変わりませんか」

おうねは、寂しそうに笑った。

「息子がただ、甘えているんだってのは、分かってたんでございますよ。それでも息子の仕打ちは、正直こたえました」

「お、おっ母あ――」

狼狽《うろた》えた孫吉を、おうねが窘《たしな》めた。

「いいから、仕舞いまであたしの話をお聞き。いい歳して甘えが抜けないのも情けないんですけどね。こう育てちまったのは、あたしと亭主です。長年かけて育てちまった性根は、なかなか抜けない。甘える相手がいなくなる方が、息子の為でございましょう」

　それから優しい目になって、嫁を諭《さと》した。

「だからね。お民はお戻り。『浜家』を頼んだよ。孫吉も、こちらの尼様に叱られて少しは懲りただろう。それでもお前に甘えるかもしれないが、そうしたら今度こそ愛想を尽かしてやりゃいい。いいかい、縁切りなんて大きな決心は、誰かのためじゃなく、自分のためにするもんだよ」

　眼に涙を溜《た》めて、お民が異を唱える。

「おっ義母《か》さんだって、自分のためなんかじゃ、ないじゃないの」

　おうねが笑った。

「そりゃあ、この子は息子だから」

「おうね」

　ずっと黙したままだった彦蔵が、口を開いた。

「お前《め》ぇがいねぇ方が孫吉のためだってんなら、二人で家を出ちまおう」

　おうねが、目を丸くした。

「な、何言ってんだい、お前さん」

「『浜家』は、孫吉とお民に譲る。長屋を借りて、また二人で屋台でも始めるか。

屋台なら、お前ぇだって、皿持ってうろうろしなくて済む。屋台の脇に腰かけて、お客さんと話をしてりゃいい」

「お前さんの、大事な『浜家』じゃあないかっ」

女房の言葉に、彦蔵はさっぱりした笑みで答えた。

「表店《おもてだな》だろうが屋台だろうが、俺とお前ぇの店なんだ。お前ぇがいなきゃあ、始まらねぇ。おうねの陽気な笑い声が聞こえねぇ店で腕振るったって、面白くもなんともねぇよ」

「お前さん――」

彦蔵が、茜達に向き直った。

「こいつの白髪、実は結構若い頃からなんでごぜぇやす。よっぽどあっしが苦労掛けちまったんでしょうねぇ。料理に夢中で、芝居にも花見にも、連れてってやれなかった。だからせめてもの詫びに、こいつが望むんなら、離縁でも何でもしてやろうと思ってやした。けど、おうねの顔を見て気が変わっちまった。賑《にぎ》やかな女房が側にいねぇと、どうにも味気なくてたまらねぇ。ですから、おうねをあっしに返しちゃあいただけやせんでしょうか。御厄介を掛けた詫びは、幾重にもさせていただきやす」

喜平治が、茜を見た。ここは茜が収めてくれ、という合図だ。

茜は、告げた。

「それは、おうねさん次第です。東慶寺は、助けを求めた女人が幸せになるように手を尽くすのみですから」

桂泉尼が、おうねに訊いた。

「いかがですか、おうねさん」

おうねは、呆気《あっけ》に取られたような顔で、桂泉尼を見、茜を見、そして笑った。

「あたしは、今の今まで、自分は息子のことで離縁を決心したんだと、思い込んでたんですよ。ですけどね、亭主の話を聞いてようやく気付きました。中気を患ってからこっち、亭主はあたしのことを、気遣ってくれましたが、あたしにいて欲しいとは、言ってくれなかった。思うようにならない右手と右足を抱えてても、お前が入用だとは、言ってくれなかった。それが悲しかったんだって。ねぇ、お前さん」

おうねに呼びかけられ、彦蔵が「何だ」と応じた。

「あたしの巾着に、一分金をたんと足してくれたのは、お前さんだろう」

彦蔵が、照れた様に、おうねから視線を逸《そ》らした。

「こっそり旅仕度してたのは、気づいたからな。路銀は多いに越したことはねぇ」

おうねが笑った。

「お前さん、女房に甘過ぎだよ」

ふいに、お民がおうねに抱きついた。

「おっ義母さん。おっ義母さん」

おうねが困ったように笑った。左手が、続いて少し重そうに右手が、お民の背に回される。

「馬鹿だねぇ。お民が泣くところじゃあないだろう」

お民は、ぐし、と鼻を啜《すす》ってから、身体を離し、おうねに向かった。

「やっぱり、皆で帰ろう。だって、こんなに想ってくれるお義父《と》っつあんと別れるなんて、駄目だよ。お義父っつあん、おっ義母さんが『浜家』を出るのも、駄目。このひとの性根が変わらないなら、変わらないままだっていいじゃない。こんどおっ義母さんに酷《ひど》いことしたら、今まで以上に、そうね、こちらの尼様みたいに、あたしがきっちり叱るから。ねぇ、おっ義母さん。あたしも、おっ義母さんがいなくなったら、寂しいよ」

お民が、おうねの右手を、両手で包んだ。

おうねが訊《き》いた。

「孫吉の性根が変わらないままでもいいと、思ってくれるのかい」

「仕方ないわ。このひとは、お花と三太の父親《てておや》だし、あたしは、お義父っつあん、おっ義母さんと離れたくないのだもの」

お民のからりとした答えには、孫吉に対する情が、確かに滲《にじ》んでいた。

「お民ぃ」

女房が戻る気になってくれた安堵《あんど》からか、孫吉は泣きべそをかいている。

少し間をおいて、お民の手に、おうねの左手が重ねられた。

「嫁のお前さんが、孫吉を見捨てないってのに、母親が見捨てる訳にゃあいかないか」

ついに、孫吉がおいおいと泣き始めた。

「おっ母あ、よかった、よかったぁ」

すかさず、秋山尼が孫吉を見据えながら、言った。

「おうねさん、お民さん。孫吉さんが手に余るようでしたら、いつでもお知らせくださいな。すぐに駆け付けましょう」

孫吉が、泣きながら震えあがった。

「そ、それだけはご勘弁を。もう二度と、母にも父にも、お民にも、酷い真似はいたしやせん」

寺役所に、明るい笑い声が響き渡った。

「そうですか。親子四人、仲良く江戸へ帰りましたか。よかったこと」

蔭涼軒、院代の居室。蚊遣《かや》り代わりに焚《た》いている香の清々《すがすが》しい香りが、満ちている。

茜は、法秀尼におうねとお民の駆け込みの顛末《てんまつ》を、知らせに来ていた。

「はい。揃って、厄介を掛けたと幾度も詫《わ》びていました」

楽し気に微笑んでいた法秀尼が、茜の顔をじっと見た。

腹の裡《うち》まで覗《のぞ》き込まれているようなのに、心からほっとする、不思議な視線だ。

「浮かぬ顔ですね」

「いえ、そんなことは」

「茜」

名を呼ばれ、茜は言葉を探しながら、口を開いた。

「親子の情、身内の情とは、厄介なものですね。身内であるがゆえに甘えが生じ、甘えが諍《いさか》いを生む」

「そなたには、分かりませんか」

「はい」

自分で戸惑う程、すんなりと頷《うなず》いた。

「分からなければ、分からないままで良いではないか」

「法秀尼様」

茜は、お民の言葉を思い出していた。孫吉の性根が変わらないなら、変わらないままでいい。その考えようは、とても潔かった。

「そなたの周りには、仲間がいる。わたくしもいる」

「はい」

「それは、そなたが生きる縁に、ならぬか。茜の幸せの助けにはならぬか」

言葉にならなかった。ただ、茜は夢中で首を横に振った。

法秀尼が、笑みを深くした。

「それはよかった」

法秀尼は、それ以上何も言わなかった。

だから、茜もまた「はい」とだけ答えた。

夏の夜の風が、庭の草を揺らして、過ぎていった。

駆込ノ二――茜、疑う

娘はひとり、静かに居住まいを正していた。

自分は、妾《めかけ》になった。

父と、ずっと「おっ母《か》さん」と呼んできた女の手で、この家を持つ男に「賂《まいない》」として差し出された。

娘は、辺りを見回し、軽く笑った。酷《ひど》く硬く、ぎこちない笑いになった。

自分ひとりを囲うために、随分と立派な家を支度してくれたものだ。

きっとあの話は、真実《ほんとう》なのだろう。

役人は、自らが囲った女を使い、今の地位を得たのだという。

これから自分は、様々な男に差し出されることになる。二親の次は、自分を囲った男によって。

ここは、その為の家なのだ。

自分が逃げたら、お店《たな》、父母、弟に咎《とが》が及ぶ。

武家の娘の様に、自ら命を絶つ気概もない。死ぬのは、怖い。

何もかも諦《あきら》めたはずだった。腹を決めたはずだった。
それでも、身体の芯《しん》から、抑えようのない震えが沸き上がった。
誰かが遠くで、言い争いをしている。
厭《いや》な声の男が二人。どちらも侍のようだ。
今日、自分はどちらの相手をさせられるのだろう。
恐ろしくて、ぎゅっと目を閉じた。
誰か、助けて。
心の中で叫んだ時、障子が開く静かな音がした。
ぎくりとして、目を開けた。
幼い頃から誰よりも側にいた、弟の顔がすぐ近くにあった。
弟が娘の手首を捕え、立ち上がらせた。
「姉さん、逃げよう」

＊　＊　＊

東慶寺蔭涼軒。東慶寺を統べる院代、法秀尼寝所の隣の部屋で、茜は目を覚ました。

法秀尼の周りで不穏な気配がしたらすぐ気づくよう、茜は眠りを浅くしている。その術も、浅い眠りで十分に休息を取るこつも、東慶寺に来る前から身に着けていた。

茜の眠りを妨げたのは、夏の夜風に混じる、微《かす》かな殺気だ。

気を研ぎ澄ませて、出所を探る。茜でもはっきりとはつかめない程、遠い。

法秀尼の寝所に、変わりはないようだ。穏やかな息がゆっくりと繰り返されているのを、研ぎ澄まされた耳で確かめてから、茜は小太刀を手に取り、静かに部屋を出た。

広縁から星を見上げ、時を測る。夜明けまで、あと一刻ほどか。

寝所から、法秀尼の声がした。

「茜。どうしました」

「騒ぎが、起きているようです」

「大事ない。行っておいで」

少し間をおいて、茜は「はい」と答えた。

殺気が、近づいている。

失礼いたします、と言い置き、茜は駆け出した。

中門の石段を下り、表御門を駆け抜け様、門脇に立つ門番に、低く声を掛ける。

「来るぞ。門を頼む」

万事心得ている門番が、手にしていた六尺棒を握り直した。

東慶寺への駆け込みは時を選ばない。皆、必死で逃げて来るのだ。だから法秀尼の命で、表御門には常夜灯が設けられ、昼夜を問わず門番が置かれている。

門から左へ向かうと、すぐに夜明け前の深い闇に包まれたが、夜目の効く茜には、微かな星明りだけで十分だ。

来る。乱れた足音。六人。女が混じっている。

見えた。

若い男が、美しい娘の手を引いて、こちら――恐らく東慶寺を目指している。町人の形《なり》をした追手が四人。

若い男が、娘に声を掛けた。

「姉さん、しっかり」

娘の息が荒い。若い男は、既に手負いだ。左手に握る匕首《あいくち》が、腕から流れ出る血で染まっている。

走る茜に、若い男が気づいた。はっとして、足を緩める。

「東慶寺の者だ」

茜は叫んだ。若い男が、力を得たように再び足取りを速めた。女の足がもつれた。

若い男が庇《かば》うように女を抱える。

二人と、迫る追手の間に、茜は入り込んだ。

小太刀を鞘《さや》走らせ、追手に向ける。

茜は、背に庇った二人に早口で告げた。

「東慶寺表御門は真っ直ぐ先だ。行きなさい」

「させるかっ」

追手のひとりが叫んだ。

各々匕首を手に、三人が一斉に茜に襲い掛かった。その隙に、四人目が茜の横をすり抜けようとする。

三人の匕首を受け流しながら、茜は四人目の脇腹へ、蹴《け》りを回し入れた。

受け流したうちのひとりが、茜の背目がけて匕首を繰り出した。

身を低くして切っ先を避《よ》ける。もうひとりが、次の刃《やいば》を繰り出す。

茜が小太刀で受ける前に、手負いの若い男が、自分の匕首で茜に向けられた刃を弾《はじ》き返した。

「姉さん、行って。早く」

「駄目よ。辰五郎《たつごろう》を置いて、行けるわけないでしょう」

「俺が心配なら、尚更《なおさら》行って」

束の間の逡巡《しゅんじゅん》の後、姉はおぼつかない足取りで、走り出した。

後を追おうとした男を、若い男──辰五郎が遮った。

追手の四人の動きが、茜と辰五郎の前で止まった。

茜が小太刀を、続いて辰五郎が匕首を構え直した。

隙を見て回りこもうとする男達をけん制しながら、茜は声を上げた。

「ここを、松岡御所門前と知っての狼藉《ろうぜき》か」

追手のひとりが、怒鳴り返してきた。

「ここはまだ、駆け込み寺の境内じゃねぇ。尼寺の犬が、余計な手出しはしねぇで貰《もら》おうか」

茜は、男に小太刀を向けた。

「境内の外であろうと、刃を抜き、院代様の御座所《ござしょ》を騒がそうとする輩《やから》に、容赦はしない」

追手の殺気が強くなった。

茜の傍らで、若い男がほんの僅《わず》か、腰を落とした。

狼が獲物に跳びかかろうとしているようだ。

茜はちらりと思った。

追手の足許《あしもと》で、往来の土が、ざり、と鈍い音を立てた。

「姐《ねえ》さん」

茜は、背中で梅次郎の声を聞いた。振り返らずに、頼りになる寺飛脚を呼ぶ。

「梅さん」

茜の傍らに並び掛け、梅次郎は不敵に告げた。

「加勢に来たぜ」

「表御門は」

「門番皆、たたき起こした。平さんも寺役所に詰めてる」

それから、思い出したように、朗らかな声で言い添える。

「そうそう、平さんが代官所に知らせを出すって言ってたなあ。松岡御所の門前で、物騒なもん振り回してる輩がいるってよ」

追手が、互いに顔を見合わせた。

二歩、三歩と下がった後、ざっと踵《きびす》を返した。

「待て――」

逃げ出した追手を茜が追おうとした時、辰五郎がよろめいた。

茜は咄嗟《とっさ》に、辰五郎の左腕を取り、身体を支えた。むせ返るほどの血の匂いが漂った。

茜の腕に、ずしりと辰五郎の重みが掛かった。気を失ったのだ。

「姐さん、こいつはいけねぇ」

梅次郎が低く呟《つぶや》き、辰五郎の右腕に肩を回す。

「役所へ運ぼう」

梅次郎に告げながら、茜は考えていた。

辰五郎も追手も、相当な手練《てだ》れだ。

そして、辰五郎の匕首の使い方や、身のこなし。

茜が身に着けた技によく似た、「闇」の匂いがした。

辰五郎は、寺役所に運び込まれ、すぐに医者が呼ばれた。桂泉尼、秋山尼も急ぎ駆け付けた。

辰五郎は左腕の他にも、あちこち傷を負っていたが、命に係わる深手はひとつもなかった。しかし左腕の傷は深く、血もかなり失っている。暫《しばら》くは動かさない方がいいと、医者は告げた。

姉の梓《あずさ》は、疲れ切っていたものの、傷ひとつなく、自分の足で東慶寺へ無事駆け込んでいた。

桂泉尼が梓を御用宿へ促したが、梓は「自分の為に傷を負った弟についていたい」と言った。

茜は、東慶寺周辺の警固を厳しくするよう、寺役所の喜平治と門番たちに告げてから周囲を探ったが、怪しい気配はなかった。

夜が明け、陽が高くなった頃、辰五郎が目を覚ましたと知らせを受け、茜は寺役所へ向かった。

安堵《あんど》の涙を流す姉に、辰五郎は笑い掛けていた。まだ顔色が悪い。

「姉さん、怪我は」

梓が、首を横に振った。

「よかった」

「堪忍。堪忍ね、辰五郎。姉さんのせいで、こんなひどい傷」

辰五郎の笑みは、ひたすら柔らかく、温かい。

「何言ってんだ。弟が姉を助けるのは、当たり前だろう」

桂泉尼が、物問いたげな視線を辰五郎に向けていることに、茜は引っかかった。

泣き続ける梓を宥《なだ》め、辰五郎は茜を見た。

起き上がろうとした辰五郎を、梓が止めている。

「追手は——」

「安心していい。姿はない」

「そう、ですか」

辰五郎が応じ、再び床に身体を横たえた。

梓はほっとした顔をしたが、辰五郎は何やら考え込んでいる。

茜には、辰五郎の胸の裡《うち》がよく分かった。

いくら東慶寺の庇護《ひご》に入ったとはいえ、あれほど殺気を放っていた追手が、そう容易《たやす》く、引き下がるとは思えない。「安心していい」とは言ったものの、その実何か仕掛けてくるのではないかと、茜は踏んでいる。

駆け込み女を追って来る乱暴者の亭主や、身内は少なくない。金持ちは、金子《きんす》で物騒な追手を雇うこともある。

だが、あれは、違う。

あれほどの手練れを、ただの駆け込み女とその弟に四人も差し向ける理由《わけ》が、駆け込みを止める他に、何かあるのではないか。

茜は、姉弟《きょうだい》に訊《たず》ねた。

「少しばかり物騒な追手でしたが、心当たりはありますか」

「ございます」

即座に答えたのは、昏《くら》い目をした辰五郎だ。

梓が、止まりかけていた涙を袖《そで》で拭《ふ》いて、茜を見た。優し気な目鼻立ちの、美しい女《ひと》だ。上等な墨のような美しい瞳《ひとみ》が、「気味が悪い」と言われてきた鋼色の瞳を持つ茜にとって、少しばかり眩《まぶ》しかった。

梓が、小さく笑った。

「不思議な色の瞳をしていらっしゃるんですね。綺麗《きれい》」

茜は少し戸惑って、いえ、と応じた。我ながら、酷《ひど》い歯切れの悪さだ。

ふ、と辰五郎が笑った。

「姉さんは、相変わらず呑気《のんき》だな」

梓が「え」と訊《き》き返した。

「女剣士様の瞳が綺麗だ、なんて言ってる場合じゃないだろ」

「ご、ごめんなさい」

梓は軽く狼狽《うろた》え、詫《わ》びてから、目元を引き締めて告げた。

「私が、お話しします」

＊

梓と辰五郎は、江戸、両国橋《りょうごくばし》から神田川《かんだがわ》を遡《さかのぼ》った平右衛門町《へいえもんちょう》に店を構える酒問屋の大店「上州屋《じょうしゅうや》」の子だ。梓は十九、辰五郎は十七。父は佐兵衛《さへえ》、母はお慶《けい》。

佐兵衛は、梓をもうけて間もなく梓の母を離縁していて、辰五郎は後妻《のちぞえ》に入ったお慶が産んだ子だ。

梓は、継母《ままはは》のお慶だけでなく、父佐兵衛からも疎まれていた。

美しい姉を幼い頃から庇《かば》い、守ってきたのが辰五郎だ。

十九になってようやく二親が見つけてきた縁談が、幕閣に名を連ねる男の妾《めかけ》だった。

妾と言っても、縁談とは程遠い仕打ちで、「賂《まいない》」として差し出されたのだ。

男は「女癖が悪い」と評判で、店の奉公人は、みな梓を案じてくれた。

父母は上機嫌だ。

妾奉公などよくあることだ。その中でも御公儀に携わる方の御相手は、本当なら、世間知らずの町人の娘が出来るものではない。いい暮らしが出来るのだから有難く思えと、梓に言い放った。

男の悪評は女癖に関するものだけではなかった。今の地位に上り詰めるために、様々なあくどいことをしてきたと、まことしやかに囁《ささや》かれている。

腹黒い商人と手を結んで懐を肥やし、出世の為に賂をばらまき、邪魔な同輩を罠《わな》にかけ葬る、と。

そして、自分がのし上がるために男が使う賂の中には「自分の女」も含まれていた。

男は、囲う女に執着も憐《あわ》れみも抱かない。女も、女にあてがう贅沢《ぜいたく》な家も、男がのし上がり、私腹を肥やすための道具として使われる。

梓に白羽の矢が立った経緯《いきさつ》は、こうだ。

前の妾が病を得て「使い物」にならなくなり、新たな女を探していた。

それを耳にした梓の父母が、名乗りを上げた。

「上州屋」は、灘《なだ》からの高価な下り酒を扱いたかった。それを売りに、ゆくゆくは、大名家や大奥にも、商いを広げようと目論《もくろ》んでいた。

その後ろ盾が、入用だった。

梓は、その後ろ盾への「賂」として十分な効き目があったらしい。

勿論《もちろん》、嫁入り支度なぞという晴れがましいことは何もない。

窶《やつ》した駕籠《かご》に押し込められ、隠れるようにして生まれ育った家を後にした。着いた家は、「話」の通り豪奢《ごうしゃ》で、世間知らずと二親に言われた自分でも、これは「自分のための設《しつら》え」ではないと、容易に気づいた。

冷たい顔の女中に支度をさせられ、その時を待っていた。

遠くで、男の言い争う声が聞こえていた。

そこへ、辰五郎が部屋へ飛び込んできて「逃げよう」と言った。

実家と辰五郎に咎《とが》が及ぶ。

梓は拒んだが、弟は強い瞳をして告げた。

――俺は、姉さんと一緒じゃないと、ここを出ない。門番の男達も、部屋の外にいた女中も、当て身でその場に眠らせただけだ。じき見つかる。出るなら、今しかない。

辰五郎を今すぐ逃がすには、梓も共に逃げるよりなかった。

途中、辰五郎が支度してくれていた地味な町娘の身なりに替え、宿はとらず、人目を避け、僅《わず》かな休息を取りながら鎌倉を目指した。

＊

「あともう少しで東慶寺様だ、というところで、追手に見つかってしまいました。弟は、私を庇《かば》って、こんな怪我を――」

梓は言葉を詰まらせたが、その眼に涙は滲《にじ》まなかった。

何もかも見透かしたように、辰五郎が姉に釘《くぎ》を刺した。

「今更戻るなんて、言いっこなしだよ、姉さん。東慶寺様を巻き込んじまった。俺の素性も知れてる。もう、東慶寺様のお力におすがりするしかない」

梓が、酷く辛《つら》そうな顔をした。

やにわに、茜達に向かって深々と頭を下げる。

「大変なことにこちら様を巻き込んでしまい、本当に申し訳ありません」

秋山尼は、唇を嚙《か》み締めて黙りこくっている。目には涙が滲んでいた。

桂泉尼が梓に手を差し伸べ、伏せている身体を優しく起こした。

「この寺は、そういう寺ですから。梓さんが苦しんでいるのなら、頼って頂くのに、遠慮も迷いも無用。ねぇ、茜さん」

「伺いたいことがあります」

呼びかけに答えなかった茜を、桂泉尼が問うように見た。

「何でしょう」

梓が応じる。

「辰五郎さんは、随分と腕が立つようですね」

辰五郎が、笑った。瞳の奥に昏い色が過《よぎ》る。

「姉を守るために、町場の道場へ通いました。今日び、町人相手の道場もありますので」

「わざわざ道場へ通うほど、姉上は危ない目に遭われることが多いのですか」

問い詰めた茜に答えたのは、微苦笑を湛《たた》えた梓だ。

「弟は、心配性なんです」

茜は、辰五郎の様子を確かめてから、梓に訊《たず》ねた。

「お二人はどちらから逃げてこられました。『幕閣に名を連ねる男』とは、どなたのことですか」

梓が、顔色を失くした。

引っかかっていたのだ。なぜ、経緯を打ち明けるのに、肝心の男の素性を隠そうとするのか。

厭《いや》な虫の報《しら》せがしていた。

「それは――」

言いよどむ梓から話を引き取るようにして、辰五郎が掠《かす》れた声で告げた。

「宇垣《うがき》」

東慶寺の仲間が一斉に息を呑《の》んだ。

辰五郎が、唇を舐《な》め、繰り返す。

「寺社奉行の、宇垣豊後守《ぶんごのかみ》様です」

「あら、まあ、それは」

桂泉尼のいつもの口癖が、心なしか硬い。

寺社奉行は、江戸町奉行、勘定奉行と併せ、「三奉行」と呼ばれる奉行職の花形だ。

譜代大名から選ばれ、幕閣の要職を歴任する者が多く、大抵は旗本から選ばれる町奉行と勘定奉行よりも格上とされている。

寺社を統べることは勿論、国を跨《また》がるような訴えも扱う。三奉行筆頭の寺社奉行には、勘定奉行、町奉行は頭が上がらないことが多い。

只今《ただいま》の寺社奉行は、四名。

三名の寺社奉行が何の障りもなく務めていたところへ、半年ほど前、降って湧いたように四人目を拝命したのが、宇垣豊後守だ。

宇垣豊後守は、下野国《しもつけのくに》の譜代大名だが石高も低く、財政も苦しいという。幕閣に入るという話も、それまでは全く出ていなかった。評判も芳しくない。

一体どんな汚い手を使ったのか。そう囁き合う者は、多い。

やはり、な。

茜はきゅっと奥歯を嚙んだ。

院代の法秀尼は御三家、水戸徳川家の姫であり、寺法も「徳川宗家お墨付き」を得ているとはいえ、東慶寺が寺社奉行の統率下にあることは変わらない。

東慶寺にとって、まずい相手だ。

それだけではない。

梓の言う、男の評判を聞いて、もしやと思った。茜も新任の寺社奉行の不穏な評判を耳にし、宇垣とその周辺を、少し探ってみたことがあるのだ。

感じたことを一言で言えば、あれは、性質《たち》が悪い。念のための用心が要りそうと、案じていた矢先の、梓の駆け込みである。

秋山尼が、力強く言った。

「心配いりません。我らは、相手が誰であろうと、助けを求めてきた女人から、手を引くことはありません。そうでしょう、茜さん」

やはり答えない茜を、秋山尼が驚いたように、桂泉尼が気遣うように見る。喜平治は戸惑いの顔、梅次郎は問うような顔だ。

「その通りですよ」

涼やかで柔らかな声が、寺役所に響いた。法秀尼だ。

茜は立ち上がり、頭《こうべ》を垂れた。桂泉尼と秋山尼が座を空け、喜平治と梅次郎も揃って頭を下げる。

「東慶寺院代、法秀尼様です」

桂泉尼の言葉に、梓がはっとして平伏《ひれふ》し、辰五郎は起き上がろうとした。

法秀尼がゆったりと手を上げ、辰五郎を止めた。

「よい。そのままで」

梓の差し向かいに腰を下ろした法秀尼の斜め後ろに、茜が控える。

梓の助けで辰五郎は居住まいを正した。法秀尼が軽く笑む。

「よい、と申したでしょう。怪我人が要らぬ無理をすることはない」

辰五郎が深々と頭を下げた。

「この度は、お騒がせしてしまい、申し訳ございません」

梓が辰五郎に被《かぶ》せるように、声を上げる。

「全て、私がいけないのです。逃げ出すべきではありませんでした。助けに来てくれた弟をひとりで帰すべきでした。私のせいで、父母、弟、東慶寺様、あちらこちらに災厄が降りかかってしまう」

「それは違う」

辰五郎が、強く姉に異を唱えた。

「姉さんが何もかも背負う話じゃない。悪いのはあいつらだ」

「辰五郎。お父《と》っつあん、おっ母《か》さんをそんな風にいうものじゃないわ」

「まだ、そんな甘いこと言ってるのか。姉さんを人身御供《ごくう》にした奴らだぞ」

秋山尼が、厳しい声で二人の遣《や》り取りを止めた。

「お控えなされ。院代様の御前です」

「よい」

やんわりと、法秀尼が秋山尼を止めた。

目を細めて、姉弟《きょうだい》を見遣る。

何かを懐かしんでいらっしゃるようだ。

茜は思った。

法秀尼は、梓に訊ねた。

「ならば、宇垣様の元へ戻りますか」

「恐れながら、院代様」

血相を変えて、辰五郎が法秀尼を呼んだ。

「安心せよ。そなたの姉を差し出すことはせぬ。この寺の寺法がそれを許さぬ。長き年月、この寺と寺法を守って来られた先達にも申し訳が立たぬ。ただ、わたくしは梓の胸の裡《うち》が聞きたい。そなた自身は、どうしたかったのです。本当は逃げたくなかったのか、逃げたかったのか」

梓は俯《うつむ》き、きゅっと小袖《こそで》の袂《たもと》を握りしめた。固い拳《こぶし》が、微《かす》かに震えている。

長い間を置き、やがて小さな声で梓は打ち明けた。

「嬉《うれ》しゅう、ございました。救いに来てくれた弟を見て。あの家に入って、全てを諦《あきら》めていました。それでも恐ろしかった。これから自分の身に降りかかる、全てのことが恐ろしくて堪《たま》りませんでした。見捨てられたと思っていた私を、弟は助けに来てくれた。二度と逢《あ》えないと諦めていた弟の顔を見た時、涙が出るほど嬉しかったのです。けれど、院代様。そんな自分が、私は情けなく、腹立たしゅうございます。弟より、自分が大事なのか、と。父母や何の関わりもない東慶寺様を巻き込んでまで、逃れたいのか、と」

辰五郎が、姉に笑い掛けた。

「馬鹿だなあ、姉さんは。俺が姉さんを見捨てる訳がないだろう。俺が姉さんを助けたのは、俺がそうしたかったからだ。嫌がる姉さんを、俺が無理矢理連れ出した。だから、姉さんが気に病むことじゃない」

温かみ、いや、熱の籠《こも》った声だ。桂泉尼が辰五郎をじっと見ている。

辰五郎が、法秀尼に向き直った。動いた拍子に、傷が痛んだようだ。腕を庇《かば》って背を丸める弟に、姉がそっと手を添えた。

「院代様。こちら様を巻き込んだ咎《とが》は、全て私が負います。ですからどうか、姉は。姉はお助け下さい」

茜は、ひんやりと訊《たず》ねた。

「咎を負うとは、どう負うつもりです」

梅次郎が「姐《ねえ》さん」と、茜を呼んだ。

辰五郎は、不可思議な笑みを浮かべるのみで、答えない。

茜と辰五郎を見守っていた法秀尼が、梓に視線を移し、ほんの少し悪戯《いたずら》な色を混ぜて微笑んだ。

「そなたの存念を聞いて、安堵《あんど》しました。何も案じることはない。我らは、降りかかる火の粉を払うことには、大層長《た》けておるゆえ。そうですね、喜平治」

喜平治は、ちらりと茜を気にするように見遣ってから、少し笑って「へぇ」と頭を下げた。

辰五郎が、面を改めた。

「あの、院代様」

「何です」

「ひとつ、お願いがございます」

「申してみよ」

「駆け込みがあると、女子《おなご》の嫁ぎ先と町名主、実家に呼び出し状が届けられると伺いました。それを、待って頂けないでしょうか」

秋山尼が、血相を変えた。

「そなた、何を――」

辰五郎を咎めかけた秋山尼を、法秀尼が静かに止めた。

「秋山尼。まずは話を聞こう」

辰五郎が軽く頭を下げ、続けた。

「恐らく、宇垣様は動きません」

「ほう」

「囲おうとした女に逃げられ、縁切寺に逃げ込まれた。これは武門、それも大名家当主にとって、大きな恥辱になります。恐らく、呼び出し状を届けられても、知らぬふりを通すでしょう」

「なるほど、な」

法秀尼は、おっとりと頷《うなず》いた。桂泉尼が、やんわりと口を挟む。

「ですが法秀尼様。追手が気になります。東慶寺の者と事を構えてまで取り戻そうとした者共が、このままで済ますとは思えませぬ」

それなら、と辰五郎が言った。

「心配は要りません。奴らを差し向けたのは、宇垣様ではありませんから」

「心当たりが、ありそうですね」

「恐らく、母でしょう」

「辰五郎」

梓が、哀しそうに弟を呼んだ。

法秀尼が、辰五郎に訊ねた。

「豊後守殿は、動かぬ。そう申すのだな」

「はい」

「それはあくまで、そなたらが東慶寺に留《とど》まっておる間のみ。それも承知か」

「はい」

「いいでしょう」

「院代様――」

なりません、と続けようとした茜を、法秀尼が目で止めた。茜は口を噤《つぐ》むしかなかった。

法秀尼は、喜平治、梅次郎、桂泉尼、秋山尼と等しく視線を配り、命じた。

「呼び出し状は不要。傷がしっかり癒《い》えるまで、二人を寺役所で匿《かくま》っておやり」

秋山尼も、あの、と異を唱える。

「それでは、寺法から逸《そ》れることになってしまいます」

法秀尼が、にっこりと笑った。

「大事ない。わたくしの『旧《ふる》き友』が逗留《とうりゅう》していると、思えばよい」

皆が揃って目を丸くした。

ぷ、と梅次郎が、小さく噴き出した。

法秀尼が流れるような所作で立ち上がった。

「後を、頼みます」

茜は、急いで続いた。

「院代様、お待ちを」

法秀尼の足取りは、普段と変わらずゆったりとしていたが、茜の呼びかけに応じることはなかった。

＊　＊　＊

残された桂泉尼、秋山尼、喜平治と梅次郎は、辰五郎が臥《ふ》せっている部屋の隣へ座を移していた。

秋山尼が、隣を気にしながら、小声で呟《つぶや》く。

「茜さん、どうしてしまったのでしょう」

喜平治が、そっと応じた。

「確かに。茜さんらしくありませんでしたね」

桂泉尼が、むっちりとした白い手を頬に当てて囁《ささや》いた。

「ええ。どんな時でも、どんな身の上でも、助けを求める女子には等しく手を差し伸べる。法秀尼様の御心を一番分かっていらっしゃるのは、茜さんです。だからこそ、法秀尼様を案じながらも、いつも仰せの通りにしておいでだった。なのに、あの姉弟《きょうだい》を助けるのは、気が進まないような――」

ぽつりと、梅次郎が言葉を発した。

「法秀尼様も、様子がおかしかったな。姐さんとは違って、あの二人にやけに入れ込んでるように見えた。今頃、喧嘩してなきゃいいが」

喜平治が、呆《あき》れた声を上げた。

「喧嘩は、ねぇだろ、梅」

どうしたものか。

そんな風に、四人は互いに顔を見合わせた。

＊　＊　＊

茜は、院代の居室で、法秀尼と向き合っていた。

「院代様、お考え直し下さい」

法秀尼が、哀し気な目をして茜を見た。

「茜。お前は何を危ぶんでいるのですか」

束の間、言葉に窮した茜へ、法秀尼が言葉を重ねる。

「まさか、相手が寺社奉行だからと、怯《ひる》んでいる訳ではあるまい」

少し考え、茜は答えた。

「怯んでおります」

「茜」

「院代様。こと豊後守様が関わるとなれば、今しばらく水戸徳川様のお力添えは、望めません」

「分かっている」

「でしたら」

「わたくしならば、案ずることはない」

「豊後守様のことのみでは、ありません。あの男、危のうございます」

法秀尼が、首を傾げた。

「手練《てだ》れだと、聞いているが」

茜は、法秀尼を見た。

「太刀筋、身のこなし。私と、よく似た匂いがいたします」

法秀尼が目を瞠《みは》った。

「顔色から心の裡《うち》を読ませぬ技、それでも瞳《ひとみ》の奥に見え隠れする昏《くら》い色。ただの大《おお》店《だな》の息子では、ないかと」

「梓は、どう見ます」

「姉は、気の毒な身の上の大店の娘、というところでしょう。なぜ父にも疎まれているのかが、気にはなりますが」

ふ、と法秀尼が小さく息を吐いた。

「ならば、助けねばならぬ」

「でしたら、秋さんのおっしゃる通り、寺法に法《のっと》った手順を」

「それでは、事を大きくしてしまう。あの者達の為にもならぬだろう」

「ですが、寺社奉行様ゆかりの女子《おなご》を、寺法から逸れ、庇《かば》ったことが知れましたら」

法秀尼が、明るく笑んだ。

「なんとか、なろう」

「豊後守様は、辰五郎が申す程甘い御方ではございません。二人が外へ出た途端、仕掛けてくるは必定。そしてその手は、東慶寺まで及びましょう。院代様自らが寺法に背いたところを、突かれます」

「その時は、勝手をしたわたくしが去ればよい。さすれば、寺に累が及ぶこともあるまい」

「法秀尼様」

「茜が、わたくしを案じてくれているのは、分かっています。だが此度《こたび》は、それには及ばぬ」

迷った挙句、茜は訊《たず》ねた。

「なぜ、そこまであの者達を庇われるのですか」

法秀尼は、ふと遠い目になった。

寂し気で苦し気で、けれど幸せそうな笑みの意味を、茜は読み切れなかった。

ぽつりと、法秀尼が呟く。

「懐かしい昔を、思い出しました」

訊《き》き直しかけて、茜は口を噤《つぐ》んだ。

法秀尼は、酷《ひど》く哀し気に見えた。

言葉を失くし、ただ見守ることしかできずにいた茜に、法秀尼は視線を向けた。見ている者の胸が痛くなるような哀しみの色は、美しい院代からはすっかり消えていた。

「先刻の追手は、どう見る」

そんな話をしているのでは、ありません。御身が危ういのですよ。

出かかった言葉を、茜はどうにか呑《の》み込んだ。

「辰五郎の言うように、豊後守様の手の者ではなさそうです。辰五郎とまったく同じ身のこなしでしたので」

「辰五郎は、お前とは似ているで、追手とは同じ、か」

「はい」

辰五郎と追手。恐らく、同じ師の元で鍛えたのだろう。茜は、そう見ていた。

茜と似たような闇を行く者共。茜よりもいささか、緻密《ちみつ》さには欠けるものの、実、戦で身に着けた強《したた》かさでそれを補っていた。

法秀尼が、にっこりと笑った。

「ならば、未《いま》だ動きを見せぬ豊後守殿よりも、追手の素性、辰五郎との関わりを明らかにするのが、先であろう。頼みましたよ、茜」

茜は、異を唱えることを諦《あきら》めた。

法秀尼がこういう、娘のような笑みを浮かべている時は、何を言っても聞き入れて貰《もら》えない。そして、こちらは、頼みを聞かざるをえない。

無敵の笑みである。

胸に広がる焦りともどかしさを堪《こら》え、茜は頭《こうべ》を垂れた。


茜は、桂泉尼、秋山尼、喜平治、梅次郎と共に御用宿「柏屋」へ赴いた。寺役所の一室で休んでいる辰五郎と、付き添っている梓には、聞かせたくない話をするためだ。

「柏屋」の主《あるじ》、好兵衛は目を丸くしたものの、経緯《いきさつ》を聞くとすぐに、納戸脇の小部屋を貸してくれた。どの客にも聞かれることはない、うってつけの部屋だ。

秋山尼が、怒りを抑えきれない様子で言った。

「梓さんの話を聞いて、自分の身の上は随分ましだったのだと、思い知らされました」

秋山尼もまた、東慶寺に救いを求め駆け込んだ女だ。東慶寺へ駆け込もうとしては見つかり、亭主と姑《しゅうとめ》に酷い乱暴を受け、を繰り返し、ようやく逃げてきた。

「あら、秋さんの身の上も、随分でしてよ」

桂泉尼が、軽い調子で言った。

秋山尼の言葉も眼も、しっかりしている。こういう時は、明るく流した方が、秋山尼の心も晴れると、仲の良い桂泉尼は分かっているのだ。

案の定、秋山尼はつん、と鼻を上に向ける可愛らしい仕草で、桂泉尼に応じた。

「慰めて下さってるように、聞こえません」

喜平治が苦笑しながら、話を本筋へ載せた。

「何やら、妙でごぜぇやすね」

梅次郎が訊く。

「妙ってのは、どの妙だい、平さん。腑《ふ》に落ちねぇことが山ほどあって、かえって見当がつかねぇ」

うぅん、と喜平治は唸《うな》って、答えた。

「辰五郎さんが、なんだって、大店の後継ぎ息子の癖にやたら腕が立つのかってのは、まあ、茜さんと梅に任せるとして。継母《ままはは》はともかく、なんだって梓さんの父御まで、娘を人身御供《ごくう》に差し出すような真似をしたんでごぜぇやしょうね。追手も、辰五郎さんは母御の仕業だと確信してるようだ。そこにも、何か裏があるような気がしやす」

梅次郎が、軽く唸った。

「追手っていやあよ。何だって、あんな物騒な連中が目の色変えて、たかが妾《めかけ》ひとりを追って来やがったんだ」

秋山尼が言う。

「それは、豊後守様が面目を潰《つぶ》されたからでは、ありませんか」

「けど、辰五郎さんは、寺社奉行じゃなく、母親が差し向けたって言ってるんですぜ。継母とはいえ、そこまでするかねぇ。しかも実の息子が母親ってぇ言い切るんだ。平さんの言う通り、駆け込みの他に隠し事があるんじゃねぇかな」

梅次郎の言葉に、秋山尼は「確かに、そうですね」と頷《うなず》き、続けた。

「妙と言えば、なぜ梓さんは、豊後守様の『巷《ちまた》の噂』以上のことを、ご存じだったのでしょう。女癖が悪い、あくどい手を使って敵を陥れてのし上がった、までは、よく聞く噂話と似たようなものですから、分かります。その噂話の流れでするりとお話しになってましたけど、ご自身でも仰《おつしや》っているように、世間知らずの大店《おおだな》のお嬢さんが、そこから先のこと、例えば、豊後守様は、囲う女に執着も憐《あわ》れみも抱かないお方なのだとか、囲った女子を実は『賂《まいない》』として使っているのだとか、以前囲っていた女子が使い物にならなくなったから、梓さんに白羽の矢が立ったのだ、とか。豊後守様のご気性や、隠しておられるようなことは、噂では分かりませんでしょうに」

梅次郎が、応じた。

「そりゃあ、辰五郎さんしかねぇでしょうねぇ」

秋山尼が更に言う。

「辰五郎さんも、ただの大店の跡取り息子の筈《はず》では。腕が立つ、だけでは豊後守様の内証までは、お分かりにならないのでは」

ふうむ、と喜平治が唸った。

「まあ、親御さんの話を盗み聞きしたってのもありそうだが、確かに辰五郎さんは、妙なところが多い」

「あの」

桂泉尼が、声を上げた。何やら迷っているようだ。

「確かなことではなく、なんとなくそうではないか、という気がしただけなのですが」

「辰五郎さんのことですか」

茜は訊いた。桂泉尼が、物問いたげな視線を、辰五郎に向けていたことが、少し引っかかっていたのだ。桂泉尼の人を見る目は、茜とは少し違う。その心に寄り添うために人を見ているからこそ、茜が考えも及ばぬことに気づくのだ。

「え、ええ」

桂泉尼は、まだ歯切れが悪い。茜は、桂泉尼を促した。思わず語気が強くなった。

「気になることがあるなら、言ってください」

桂泉尼が怯《ひる》んだように、微《かす》かに身を引いた。

梅次郎が、茜を宥《なだ》めた。

「姐《ねえ》さん、顔がおっかねぇぞ。なぁ、姐さんこそ、辰五郎さんの何を疑ってるんだい。大体、さっきからちょいと変だぜ。寺役所じゃろくに返事もしねぇ、この話し合いでもだんまりだ、かと思やあ、急におっかなくなる。気になることがあるなら、言ってくれ」

茜は、つい気が急《せ》いた自分を、内心で叱った。

しっかりしろ。尼様に当たってどうする。心の乱れは隙を生むぞ。

「済まない。何でもない。桂さん、すみません」

桂泉尼が、ほっこりとした笑みを浮かべ、首を横へ振った。

「院代様を警固しておいでの茜さんが、誰よりも気を揉《も》んでいらっしゃるのに、歯切れの悪い物言いをしたわたくしがいけないのです」

それから面を引き締め、告げた。

「辰五郎さんと梓さん、血が繋《つな》がっておいでではないかもしれません」

茜が、皆が驚いた。

秋山尼が、訊《き》き返す。

「そ、それは、お二人が実の姉と弟ではないということですか」

「ええ。そうではないか、と」

「桂さん、どうして、そう思われるんです」

桂泉尼が困ったように、秋山尼へ笑い掛けた。

「辰五郎さんが梓さんを見つめる目。それから、梓さんが何気なく辰五郎さんに触れた時の辰五郎さんの顔つき、でしょうか」

桂泉尼の言葉の選び様、口ぶりから察するに、辰五郎は姉を女子《おなご》として見ている、想いを寄せている、ということらしい。

戸惑いの顔で、秋山尼は呟《つぶや》いた。

「わたくしには、仲の良い姉弟《きょうだい》にしか見えませんでした」

桂泉尼がほろ苦い笑みで応じた。

「辰五郎さんが念入りに隠していましたから。いえ、隠していたというよりは、弟を隙なく演じていた、と言った方がいいかしら。恐らく、梓さんが、辰五郎さんのことを本当の弟だと信じておいでだからなのでしょう」

秋山尼が、頬を紅潮させて呟いた。

「まあ、物語のよう」

それから、しまったという顔をして肩を竦《すく》めた。

「桂さんのように、呑気《のんき》なことを言ってしまいました。申し訳ありません」

桂が、すかさず不平を言う。

「あら、酷《ひど》い。わたくしのどこが呑気なんですの」

喜平治は、二人の呑気な遣《や》り取りに笑ってから、話を戻した。

「養子なら、梓さんも承知のはずだ。じゃあ、辰五郎さんは不義の子か」

独り言のように語り、すぐに首を横へ振って続ける。

「いや、不義ってんなら、梓さんってぇ筋もありやすね。前の御内儀《おないぎ》が密通してたんなら、梓さんの父御が梓さんを疎んじてるってのと辻褄《つじつま》が合う」

何か抱えているなら、やはり辰五郎の方だ。法秀尼に報《しら》せた通り、辰五郎の身のこなし、匕首《あいくち》の扱いは、間違いなく「闇に身を置く者」のそれだ。

なぜ分かると訊《き》かれたら、どう答えればいいか分からない。だがもう、自分の身可愛さに黙っていていいことでは、なさそうだ。

梓の込み入った身の上に気を取られ、辰五郎への警戒が薄れることがあっては、ならない。

東慶寺と法秀尼の安寧が掛かっている。

茜は、仲間の顔を見回した。

「さっきは、何でもないと言いましたが、私も気になっていることがあります」

仲間達は、互いに顔を見合わせた。桂泉尼が穏やかに「何でしょう」と茜を促した。

茜は一度、軽く眼を閉じてから、もう一度皆の顔を見た。

「辰五郎さんの身のこなし。あれは、町場の道場で身につくものではありません」

喜平治が、口を開いた。

「梅からは、滅法腕が立つって聞いてやすが、梅。お前《め》ぇも気づいたか」

梅次郎は、腕を組んで言った。

「確かに、やっとう道場で習うような、お上品な動きじゃなかったなあ。得物も匕首だしよ」

秋山尼が、首を傾げた。

「偽りを告げた、というのは気になりますが。茜さん、辰五郎さんの身のこなしが、何か」

「あれは、闇の者の動き、殺気です」

更に問われる前に、茜は続けた。

「ただの盗人《ぬすっと》よりも、もっと深い闇。例えば、密偵や、暗殺を生業《なりわい》とする者」

しん、と座が静まり返った。

なぜ、そこまで分かるのだ。

茜は、来るであろうその問いを覚悟し、きゅっと鳩尾《みずおち》に力を入れた。

かつて、東慶寺の荒れた原因《もと》をつくった清麦寺で茜が育てられたこと、茜自身が暗殺者として法秀尼の命を奪おうとしたことは、まだ言えない。ただ、話せる限りの話は、しようと腹をくくった。

ふう、と梅次郎が息を吐いた。

「姐さんが言うんなら、間違《まちげ》ぇはねぇな」

喜平治が頷《うなず》く。

「そいつは、物騒ですね」

秋山尼が、訴えた。

「まさか、法秀尼様に危害を加えることはないでしょうけれど、万が一のことがあっては、一大事です」

桂泉尼が大きく頷く。

「わたくしも、茜さんと共に院代様の警固に就きましょう。これでも少しは使えるようになったと、自負しておりますのよ」

梅次郎が笑って言った。

「そりゃあ、姐さんに鍛えられておいでですからね。並の男より安心だ」

すぐに面を改めて、喜平治へ向かう。

「平さん、おいらは、寺役所に詰めてた方がいいかい」

「ああ、そうだな。飛脚の役目は他の奴らに振るから、お前ぇは辰五郎さんに気を付けててくれ。医者の話じゃあ、当分、身体の中の血が足りなくてまともに動けねぇはずだってことだが、念には念を入れた方がいい」

「合点だ」

茜を置き去りに、するすると話が進んでいく。

たまらず、茜は声を上げた。

「あの」

一斉に、仲間達が茜を見た。

何の曇りも、疑いもない視線に、茜は微《かす》かに狼狽《うろた》えた。

梅次郎が訊いた。

「まだ何か、気になることがあるのかい。姐《ねえ》さん」

梅次郎の真っ直ぐな目。

こんな自分に、皆は信を置いてくれるのだな。

胸の奥に、明かりが灯《とも》るような温かい心地は、東慶寺へ来てから初めて知ったものだ。

茜は、ほんのりと笑って、首を振った。

有難さ、嬉《うれ》しさ、そんなものを込めて、先刻と同じ言葉を口にした。

「何でもない」

す、と息を吸い、気持ちを切り替え、茜は仲間達へ告げる。

「桂さんの、人の心に関する見立ては確かです。辰五郎さんは梓さんを守りたい一心でしょうから、東慶寺や院代様に仇《あだ》なすとは思えないけれど、油断はしない方がいい。私は、江戸で、桂さんの見立てをもう少し詳しく探ってきます。追手の素性も、辰五郎さんの言葉通りか確かめた方がいいでしょう。そこに、この有難くない事態を変える切っ掛けが、あるかもしれない」

梅次郎が、真剣な面持ちで言った。

「無茶あ、するなよ、姐さん」

茜が目で問う。

「どうせ、ついでに、豊後守様とやらを黙らせる種も、見つけて来るつもりだろ」

お見通しだな。

茜は笑って、頷いた。

「ああ、気を付ける」

頼もしく、温かい仲間を見回し、茜は告げた。

「留守を、頼みます」

誰よりも早く、「お任せください」と、秋山尼が胸を張った。

皆が笑った。


その日のうちに、茜は鎌倉を発《た》ち、江戸へ走った。辰五郎の様子では、茜が見たところ、医者の言葉通りしばらく動けないだろう。

だがいつまでも大人しくしているつもりもない筈《はず》だ。

辰五郎が動き出す前に、鎌倉へ戻らなければならない。

江戸へ着いてまず向かったのが、梓に宛がわれたという妾家《しょうか》だ。

辰五郎の話では、浅草寺《せんそうじ》の隅田川《すみだがわ》を挟んだ東、八軒町《はちけんちょう》にあるという。周りには、水戸徳川家を始めとする、大名家の瀟洒《しょうしゃ》な下屋敷が点々と散らばっている。田畑ののどかな景色や、隅田川を愛《め》でるには格好の土地柄だ。

辰五郎から聞いた一軒家へ向かうと、そこはもぬけの殻だった。

寺社奉行の宇垣が関わったという痕《あと》は、何もない。

次に茜は「上州屋」に狙いを定めた。鍵《かぎ》は、内儀お慶だ。

辰五郎は、追手を差し向けたのは「母だ」と言った。

つまり、その辰五郎の言葉が的を射ていても、見当外れでも、追手を差し向けるだけの力を、お慶は持っているということだ。

寺社奉行にしろ、他の一味にしろ、お慶が動いた先に敵はいる。

茜の読みは、当たった。

敵の姿と目論見《もくろみ》を確かめてすぐ、茜は江戸を発った。

休みを取ることなく走り通して松岡に戻ったのは、風も月もない夜更け、九つの少し前のことだった。

いつもと変わらず、表御門に立った門番が周囲に目を光らせ、常夜灯も灯っている。

茜は、表御門まであと数十歩、というところで足を止めた。年老いた楓《かえで》の裏に回り、息を潜める。

常夜灯の明かりは、東慶寺を目指す者の道しるべとなり、門を出入りしようとする者の姿を浮かび上がらせる。

一方で、その明かりの周りの闇は、一段濃くなる。

その闇を纏《まと》うようにして、丁度物置の裏にあたる壁を飛び越え、人影がひとつ往来へ出てきた。

表通りを使うとは、豪胆な。

茜は感心しながら、その影がこちらへ来るのを待った。

影は、夜と楓の幹が作り出す、小さいが深い闇に紛れた茜に気づかぬまま、通り過ぎようとした。

「大切な姉上を置いて、どこへ行く」

茜の呼びかけに、影――辰五郎がはっとして立ち止まった。

楓の陰から辰五郎の前に出ながら、茜は続けた。

「私の気配に気づかないとは、ぬかったな」

辰五郎が、懐から匕首《あいくち》を取り出して、鞘《さや》を外した。

「邪魔をしないでください」

茜も、手にしていた小太刀を抜く。

「生憎《あいにく》、そうはいかない。お前には寺に残ってもらわなければ、困るんだ」

ふ、と辰五郎が笑った。

「言葉遣いが、変わりましたね」

ひんやりと、茜が応じる。

「東慶寺に仇なす者に、礼を尽くすつもりなど、ない」

「どうしても、通しては頂けない」

「当たり前だ」

茜の言葉を合図に、辰五郎が動いた。

匕首の切っ先を真っ直ぐ茜へ向けて、迫る。

茜が、体を開いて刃《やいば》を躱《かわ》した。

そのまま、すり抜けて駆け抜けようとした背中へ、茜は小太刀を振り下ろした。

振り向かないまま、辰五郎が茜の刃を避《よ》ける。

わずかに体勢を崩した隙に、再び茜が前へ回り込んだ。

二人は睨《にら》みあった。

辰五郎の肩が、小さく縦に揺れている。

「息が上がっているぞ」

辰五郎が、匕首を握り直した。

「そうまでして、どこへ行く」

「掃除ですよ。姉が誰にも脅かされず、穏やかに生きるための」

言うなり、辰五郎が間合いを詰めてきた。今度は、茜の胴を薙《な》ぎ払うように、匕首を横に構えている。

　茜は、右足を軸にして身体を回して勢いをつけ、辰五郎が持つ匕首をねらって、蹴《け》りを入れた。

「貰《もら》った」

　辰五郎が、低く呟《つぶや》いた。

　身体を低くして、辰五郎は茜の脚を避けた。茜が蹴りを繰り出した時、ほんの少し出来る隙を狙っていたのだと、辰五郎の動きで茜は気づいた。先日、追手と対した時に、辰五郎は茜の蹴り技を見切ったのだ。

　ほんの刹那《せつな》、辰五郎に向いた無防備な背目がけて、辰五郎が切りかかる。

　き、ん。

　鉄《かね》がぶつかる高い音が、響いた。

　茜が、軽く飛び退《すさ》りざま、小太刀で辰五郎の匕首を弾《はじ》き返した。

　驚きに目を見開いた辰五郎の左手目がけて、茜が小太刀の峰を振り下ろした。

　ぐ、と鈍い悲鳴を上げ、辰五郎が崩れ落ちた。

　茜の背後、東慶寺の方角から、慌てた足音が近づいて来る。梅次郎だ。

　茜の傍らに並びかけた飛脚に、茜は訊《き》いた。

「梅さん、無事か」

　梅次郎は、下腹を抑えながら、にかっと笑った。闇の中、白い歯が零《こぼ》れる。

「姐《ねえ》さんに心配して貰えるとは、嬉《うれ》しいねぇ。鳩尾《みずおち》に拳骨《げんこ》をくらったけど、生きてるぜ」

　それから面を改め、詫《わ》びる。

「面目ねぇ。油断した」

「いや。まさか、この身体で抜け出そうとするとは、誰も思わないだろう」

　茜の言葉に、梅次郎が呆《あき》れた溜息《ためいき》を吐いた。

「まったくだ。そんな怪我人に、姐さんも容赦ねぇなあ」

　腕を庇《かば》い蹲《うずくま》っていた辰五郎が、顔を上げた。額に脂汗が滲《にじ》んでいる。

「ど、して」

「隙があったはずだ。そう言いたいのか」

　辰五郎が、顔を苦し気に歪《ゆが》めた。

「あの時は、久しぶりの蹴り技だったから、調子が狂っただけだ。先日蹴りを見ているお前は、きっとあの時の隙を狙ってくる」

「わざと、隙を作って見せたのか」

茜は、少し首を傾げることで、そうだと答えた。

「お前さん、一体──」

問いの途中で、辰五郎が気を喪《うしな》った。

梅次郎が、辰五郎にそろりと近づき、顔を覗《のぞ》き込む。

「あーあ、気の毒に。すっかり目を回しちまってる」

「傷口は、避けた」

「そりゃ、そうだろうけどよ。きっと、目ぇ回すほど痛かったんだぜ」

「どれだけ言っても聞かないだろうからな。眠って貰うのが早い」

梅次郎が肩を竦《すく》めた。

「姐さんを、怒らせちゃいけねぇな」

「褒め言葉として、受け取っておこう」

小柄な寺飛脚は、気を喪った辰五郎を軽々と背負いながら、苦笑交じりでぼやいた。

「褒めちゃあ、いねぇんだけどなあ」

東慶寺へ戻ると、辰五郎が消えたことで寺役所は大騒ぎになっていた。

茜と、辰五郎を背負った梅次郎の姿を認め、門番が寺役所へ向かって声を掛ける。

「平さん、平さんっ。茜さんと梅さんが、辰五郎さんを連れて戻りやしたっ」

すぐに、喜平治と若い寺役人の弥助が飛び出してきた。

梅次郎の背でぐったりしている辰五郎を見て、喜平治と弥助が顔を見合わせる。

梅次郎が、にっと笑って告げた。

「丁度戻ってきた姐さんが、伸《の》した」

「伸した、って」

「逃げ出しやがったこいつを捕まえてくれたのは有難かったけどよ。怪我人相手に手加減なしだぜ」

茜は、不平を言った。

「傷口は避けたじゃないか」

喜平治が、梅次郎に訊《たず》ねる。

「梅、お前《め》ぇは大丈夫か」

弥助がさっと走り寄って、梅次郎に替わって辰五郎を背負い直した。やれやれ、と腰を伸ばしながら梅次郎が陽気に答える。

「まったく、腹にでっかい痣《あざ》が出来そうだぜ」

喜平治がほっとした顔で苦笑を零した。

梅次郎の話では、辰五郎の切羽詰まった低い囁《ささや》き声に呼ばれ、様子を見に障子を開けた途端、鳩尾に拳《こぶし》を喰《く》らい、動けなくなった。詰まった息が少し楽になったところで、辰五郎を追ってきたのだという。

油断した、と悔しがることしきりだ。

喜平治が、茜に声を掛けてきた。

「茜さん、おかえりなさいやし」

「只今《ただいま》戻りました」

「お帰り早々にお手を煩わせて、面目ねぇ」

「いえ。大事に至らず、よかった。梓さんはどうしてます」

「部屋に」

茜は頷《うなず》き、梓と辰五郎が使っている寺役所の部屋へ向かった。

弥助が重そうにしていたので、替わろうと手を伸ばしたが、梅次郎に「女子《おなご》のすることじゃねぇよ。弥助に任せとけ」と、止められた。

女子扱いをされたのは初めてで、なんだか居心地が悪かった。

夜中にこの騒ぎだ。梓はとうに起きて、弟がいなくなったことを承知しているだろう。目を回した弟を見たら取り乱すのではないかと、茜は危ぶんでいた。

だが梓は、弥助に背負われ、ぐったりした弟の姿を見て顔色を変えたものの、大層落ち着いていた。茜は、梓についていてくれた尼僧に、法秀尼への言伝《ことづて》を頼んだ。

床に横たえられた弟の額に滲んだ脂汗を、手拭《てぬぐ》いでそっと拭《ふ》きながら、梓は言った。

「弟は父母のところへ戻ろうとしていたのだと、思います」

梅次郎が、静かに問い返した。

「梓さんを置いて、逃げようとしたって言うのかい」

梓は、少し笑って首を横へ振った。

「そうだったらよかったのですが。恐らく、決着を付けに」

茜が繰り返した。

「決着、ですか」

「親子でこんな話、可笑《おか》しいとお思いでしょうね」

「いや」

茜はすぐに答えた。

東慶寺へ来てから、様々な夫婦、様々な親子を見てきた。茜自身も、親から慈しまれた覚えはない。

夫婦だから、親子だから、身内だから。ただそれだけで、皆が皆、慕い合えるとは限らないのだ。

梓は、遠い目をして語った。

「自分が父と継母《はは》に疎まれていることは、随分早くから気づいていました。それでも、有難いと思っています。大店《おおだな》の娘として何不自由なく過ごさせて貰《もら》いましたから。その日一日を生きるのにも、苦労をしている人達がいることを考えれば、私は恵まれています。ですから、父母を恨んではいません。正直、好いているかと問われれば、答えには困りますが」

悪戯《いたずら》な色を含んだ笑みが、哀しかった。梓は続ける。

「幼い頃は、どうにか好かれようとあがきましたけれど、随分昔に諦《あきら》めました。だから、私はいいんです。ただ弟は。辰五郎は、まだ後戻りが出来る。なのに弟は、私ばかり気にかけて、今度だって無茶をして、酷《ひど》い怪我を負って。こんな流されるしかできない姉なぞ見限って、自分の幸せを考えて欲しい」

また、梓が笑った。今度は荒《すさ》んだ色が濃い。

「こんなきれいごとを言う癖に、辰五郎が助けに来てくれた時、本当に嬉《うれ》しかった。心底ほっとしました。勝手な姉です。あの時、逃げなければよかった」

茜は、そっと口を挟んだ。

「辰五郎さんは、梓さんを脅したのではありませんか。一緒に逃げてくれなければ、自分も捕まってしまう、と」

梓が目を見開いた。

「よく、分かりましたね」

茜は笑った。自分が辰五郎の身の上なら、きっとそうするだろうから。それが一番面倒がない、と。

大切な人を守るためなら、そのひとを脅すことだって、やる。

「でしたら、梓さんは辰五郎さんを守ったんですよ。勝手でも何でもない」

軽い調子で梅次郎が口を挟んだ。

「逃げなければよかった、なんて言ったら、辰五郎さん泣きやすぜ」

ふふ、と楽し気な笑みを、梓が零《こぼ》した。

「ええ、きっと泣くでしょう」

そして再び、梓は遠い目をした。それから目を細めて眠る弟の顔を見下ろす。

「私も、あの時弟だけを帰していたら、泣いたでしょうね。私にとっては、幼い頃から寄り添い合って生きてきた、たったひとりの身内ですから」

幼い頃を思い出しているのかもしれない。

茜は、感じた。

そこへ、秋山尼がやってきた。

「茜さん、お戻りなさい」

「留守をしました」

秋山尼は、茜に小さく頷きかけた。茜も頷くことで応じ、梓に告げた。

「梓さんには、暫《しばら》く中門の内へ移って頂きます。人の出入りの多いこちらよりは、落ち着けるでしょう」

梓が戸惑った顔で、茜と辰五郎を見比べ、「けれど、弟は」と呟《つぶや》いた。

茜が答える。

「中門より内は、男子禁制になります」

返事をしない梓へ、茜は言葉を重ねた。

「辰五郎さんは、起き上がれない。それでは側にいる梓さんのことが心配でしょうから」

「起き上がれなくしたのは、どこのどなたかねぇ」

梅次郎がこっそり茶化した台詞《せりふ》は、梓の耳には届かなかったようだ。まだ迷っている梓へ、秋山尼が言い添える。

「辰五郎さんのご様子は、こまめにお知らせしますから」

ようやく、梓が自分を得心させるように、頷いた。

「ただでさえ大変なご迷惑をおかけしているのですから、これ以上の我儘《わがまま》は申せません。どうぞ、弟をお願いします」

梓が秋山尼に促され寺役所を出てすぐ、辰五郎が目を開けた。

茜が訊《き》いた。

「狸寝入りか」

辰五郎がにやりと笑って、腕を庇《かば》いながら起き上がる。

「効きましたよ。まだ痺《しび》れてる」

「悪かったな。傷口は避けたはずだが」

「ひょっとして、礼を言った方がいいですか」

茜は笑った。辰五郎も笑った。

やはりこの男には、腹の裡《うち》のどこか、東慶寺の仲間達とは全く違うところで、通じるものがある。

辰五郎が、茜を見た。

「それで、姉さんを遠ざけた訳は、なんです」

「話が早くて助かる。確かめたいことがある」

ふ、と辰五郎が小さく息を吐いた。

「何もかもお見通しという、顔をしていらっしゃる」

「そうでもない」

「何でも、訊いてください。その代わり――」

「梓さんを守ってくれ、か」

くすりと、辰五郎が笑った。

「そちらも、話が早い」

「頼まれずとも、寺へ駆け込んだ女人は、必ず守る」

「ありがたい」

短い言葉に辰五郎の強い想いが、詰まっていた。

重いな。

茜は、そっと心中で呟いた。

桂泉尼と秋山尼を待って、茜が切り出した。

「慧眼《けいがん》の尼様が、気づいた。お前と梓さんは、血が繋《つな》がっていないのではないか。お前は梓さんを姉として見ていないのではないか」

辰五郎は、ほろ苦く笑った。

「参ったな。今まで誰にも、勿論《もちろん》姉さんにも、見抜かれたことはなかったのに」

桂泉尼が、白い指を頬に当てた。

「まあ、それは随分、鈍い方ばかりだったのですね」

すかさず秋山尼が言い返した。

「桂泉尼様が、おかしいいんです。今でも、わたくしには仲の良い姉弟《きょうだい》としか思えません」

辰五郎が応じる。

「全く同感です。そう見えるように、念入りに振舞っていましたから」

それで、という風に辰五郎が茜を見た。茜は話を進めた。

「お前の手練《てだ》れ振り、身のこなしや匕首《あいくち》の扱い方も気になった。大店の息子が道楽で通った道場で身に着けられる技ではない。その技は、先日の追手と同じ匂いがした」

私とは、よく似た匂いだ。

口にはしなかった言葉を、辰五郎はきっと気づいているだろう。

「梓さんを守るためには、お前の正体を知らねばならない。だから、江戸へ行ってきた」

辰五郎が嗤《わら》った。

「江戸で、何か分かりましたか」

「ああ」

茜の答えに、辰五郎が目を瞠《みは》った。まさか、分かるはずがないと踏んでいたのだろう。

茜が続ける。

「夜蟬《よぜみ》の五左衛門《ござえもん》。江戸で名の通った盗人《ぬすっと》一味の頭目で、お前の実の父親だな」

秋山尼が、狼狽《うろた》えた。

「え。あの、『夜蟬の五左衛門』ですか。でも、どうして、大店《おおだな》の息子なんて」

そろりと桂泉尼が訊《たず》ねる。

「秋山尼様、『夜蝉の五左衛門』をご存じなんですの」

「ご存じも何も。江戸で『夜蝉』を恐れない大店はない、と言われています。長屋暮らしの貧乏人も、その名はよく知っている。決してしくじることのない盗人一味として、読売を賑《にぎ》わせることが多いですから」

茜の代わりに、秋山尼がすらすらと語ってくれた。

五左衛門とその一味は、獲物に狙いを定めてから盗みに入るまでの下調べ、仕込みに、気の遠くなるような時と手間を掛ける。そしてその時が来たら、華々しく盗んで、あっという間に消え失《う》せる。

それは、長年土の下で身を潜め、ほんの短い夏の間、表に出て派手やかに鳴き、消えてゆく蝉に似ている。夜を生きる蝉、ということだ。

大店が恐れるのは、皆殺しにされるからではない。狙われたら、どれほど用心棒を雇おうが、「夜蝉」の動きを察した役人が見張っていようが、必ず盗まれる。

探る者、盗む者、闘う者。役目が細かく分かれていて、揃って手練れなのだ。探る者は、奉公人として幾年も大店に潜り込み、信を得、獲物を丸裸にする。盗む者は出役した捕り方が気づかない程、足音、気配を消すのが達者。闘う者は、なまじな侍では歯が立たない。

そして「夜蟬」は、獲物に対しても、一味に対しても非情だ。顔を知られたら、見た方も、そして見られた方も、命はない。用心棒や役人、刃《やいば》を向けて来る相手に対しても容赦がない。

桂泉尼が首を傾げた。

「あら、でも仕込みに長年を掛けているのに、どうして読売を賑わせることが多くなるんですの」

秋山尼が、得意げな顔で答える。

「それは、一時にいくつかの企《たくら》みを進めているからです。二、三年おきに読売が騒いでいましたから、とんだ働き者です」

梅次郎が口を開いた。

「つまり、それだけの手駒がある大所帯ってぇこった」

茜が、話の続きを引き取った。

「手駒だけじゃない。それぞれの一団を率いる者も、ひとりでは足りない。その『小頭《こがしら》』を、頭目、五左衛門の子が務める。その子の名には『小頭』の証《あかし》として、『五』の字が与えられる」

仲間達の視線が、一斉に辰五郎に向いた。

茜が辰五郎に訊《き》く。

「お前の名は、母御のお慶さんがつけたんだな」

喜平治が、「ちょ、ちょっと待ってください、茜さん」と口を挟んだ。

「けど、辰五郎さんはお慶さんの連れ子じゃねぇ。江戸を騒がす大盗人だ、不義密通くれぇは痛くも痒《かゆ》くもねぇんでしょうが、いくらなんでも盗みに入るためだけに、手前《てめ》ぇの女房を他の男んとこに送り込み、赤子が生まれて、一人前になるまで待つなんざ、正気の沙汰《さた》じゃねぇ。そこまでしたって、男子《おのこ》が生まれるかどうかだって、分からねぇ」

梅次郎が、ちょっと笑った。

「平さん、いい人だよなあ」

喜平治が顔を顰《しか》めた。

「そりゃ、皮肉か」

茜は、苦笑しながら喜平治に答えた。

「平さん、ああいう盗人に、堅気の情や考えは通じないんだ。それに、お慶さんが『上州屋』に送り込まれたのは、いずれ盗みに入るためじゃない。一味の隠れ蓑《みの》、根城として乗っ取るためだ」

辰五郎が、鋭い視線を茜に向けた。

「お前さん。一体何者なんです」

茜の答えは、ひとつだ。

「東慶寺を警固する者だ」

「どうやって、そのことを」

「豊後守様の動きを探るため、お慶さんを見張らせて貰《もら》った。ところが、念入りに人目を忍び、欺きながら向かった先は『夜蟬の五左衛門』の元だったという訳だ。そこで、全て聞かせて貰った。あわよくば、息子《おまえ》の素性の見当もつけたいと思っていたが、そちらが先に明らかになったという訳だ。きっと、お前がいなくなって、頻繁に一味と遣《や》り取りをしていたんだろうな」

辰五郎は暫《しばら》く茜の顔を見据えていたが、やがて口許《くちもと》を柔らかく緩めた。

「おっ母《か》さんは頭の女です。尾行《つけ》られていることに気づかないようじゃ、『頭の女』は務まらない。おっ母さんだけじゃない。根城の奥まで忍び込まれても誰も気づかないんじゃあ、揃いも揃って焼きが回ったか」

秋山尼が、胸を張った。

「無理もありません。相手は茜さんですから」

邪気の欠片《かけら》もない自慢が、茜には心苦しかった。辰五郎は軽く苦笑いを浮かべ、すぐに笑みを収めて再び茜を見遣った。

「茜さんは、ご自身を『東慶寺を警固する者だ』と、おっしゃった」

「ああ」

辰五郎が、さっぱりした顔で頷《うなず》いた。

「なら、私はもういい。時が惜しいし、さっき、茜さんが私のことを『残ってもらわなければ、困る』と言った意味も気になります。さっさと話を進めてしまいましょう」

*

江戸で名を馳《は》せている盗賊一味「夜蟬」の頭目、五左衛門には、手下が幾人もいた。女も、幾人もいた。

五左衛門は押し込みの仕込み役として、自分の女を大店の主《あるじ》の元へ送り込む。

辰五郎の母、お慶も、最初《はじめ》は、ただの仕込み役で、「上州屋」はただの獲物だった。

　だがお慶は、首尾よく内儀に収まった。

「上州屋」の内儀としてお慶が授かり、亭主にわがままを言って自ら「辰五郎」と名付けた息子は、五左衛門に瓜二《うりふた》つだった。

　この話は、五歳の時、母に連れていかれた先で待っていた「父」、五左衛門から聞かされたものだ。それから辰五郎は、手習塾と称して「父」の元で様々な技を教え込まれた。

　実戦──本当の盗みの場にも、連れていかれ、鍛えられた。

　辰五郎は、姿だけではなく、盗人《ぬすっと》の才も五左衛門から引き継いだようだった。

　五左衛門は、辰五郎に目を掛けるようになった。

　ほどなくして「上州屋」は、「夜蟬」の獲物から外れた。

　五左衛門は、繰り返し辰五郎を諭した。

　お前は、ゆくゆくは「夜蟬」を率いる者になるのだ。

「上州屋」を手に入れろ。いい隠れ蓑、根城になる。

　幼い頃から、そう言い聞かされた。そこには、実の父の温かさはなかった。

　母も同じだ。

母は、どんな時も「頭目の女」で、辰五郎の母ではなかった。

そんな大人の心裡《こころうち》を見透かせる息子の目もまた、五左衛門を喜ばせたが、辰五郎の心は冷えてゆくばかりだった。

冷えた幼い心に、小さなぬくもりをくれたのが、姉の梓だった。

辰五郎は、梓にだけ心を許した。

梓といる時だけ、自らの忌まわしい身の上――盗賊一味の跡継ぎだということを、忘れられた。

辰五郎の「危うさ」に気づいたのは、お慶だった。

情はなくても、母は母だったのかもしれない。あるいは、「腕利きの仕込み役」ならではの目で気づいたのかは、辰五郎にも分からない。

お慶は、梓が「頭目の跡継ぎ」の邪魔になる。つまり五左衛門の意に反すると、断じた。

お慶は、仕込み役の技を駆使して、梓を陥れた。

「上州屋」主、佐兵衛に「梓は、佐兵衛の実の娘ではなく、先妻の不義の子だ」と吹き込み、信じ込ませた。

佐兵衛は、梓を疎んじた。

辰五郎は悔やんだ。

もっと、自分が気を付けて梓と接していれば、姉さんに辛《つら》い思いをさせずに済んだのに、と。

辰五郎は初め、梓を遠ざけようとしたのだ。

ところが梓は、辰五郎の本心を見抜いた。

──私が辰五郎と睦《むつ》まじくすると、おっ母さんの機嫌が悪くなって私に辛く当たる。だから、私を思って、避けているのでしょう。そんなこと気にしなくていいの。辰五郎は、私の弟なんだから。私は辰五郎といたい。

辰五郎は、思案した。

今から梓を遠ざけても、佐兵衛と梓は、元の睦まじい父娘《おやこ》には戻らない。

お慶には、とてもではないが敵《かな》わない。どれほど自分が取り繕っても、お慶は辰五郎の目論見《もくろみ》を見透かす。

だから、辰五郎は心に決めた。

梓は、自分が守る、と。

辰五郎は、五左衛門の元で、必死で盗人としての技を身に着けた。どんなことも、梓を守るため、梓を遠ざけようとするお慶に抗《あらが》うために役に立つから。

そうして、辰五郎は必死でお慶から姉を守ってきた。

辰五郎にとって、梓はたったひとつのぬくもり、光だった。

姉への思慕が、いつしか女人への恋慕に変わっても、辰五郎は梓を変わらず守ってきた。

五左衛門は、辰五郎とお慶の「闘い」を、愉《たの》しんでいたようだった。

——お慶に勝てれば、お前《めえ》も一人前だ。

目を細めて、そんなことを言った。

業を煮やしたお慶は、強引な手に出た。

評判のすこぶる悪い寺社奉行、宇垣豊後守に取り入り、佐兵衛を焚《た》きつけ、梓を差し出そうとした。

辰五郎は腹をくくった。

お慶の企《たくら》みを潰《つぶ》すことは出来る。だが、また同じことは繰り返される。梓の身に災難は降りかかり続ける。

ならば、逃げるしかない。

逃げるなら、お慶が油断している時がいい。

梓が豊後守の元へ行った後、その夜の裡《うち》に梓を救い出し、二人で逃げる。

＊

辰五郎は、凪《な》いだ声で言った。

「東慶寺様《こちら》を巻き込んだのは申し訳ないと思っています。けれど、どうしても松岡御所様の御力が入用だった。寺社奉行を諦《あきら》めさせる名分を手に入れなければならなかったから。さすがに、寺社奉行と『夜蟬の五左衛門』両方から逃げ回るのは、少しばかり疲れます」

茜は、小さく息を吐いた。

「悪い目が出ても男子禁制の東慶寺にいれば、梓さんには誰も手が出せない。梓さんだけは守れる、か」

辰五郎が、小さく笑った。

茜は続けた。

「だが、分からないことがある。なぜ、『夜蟬』の一味は、お前の命を狙った。お前は、頭目の跡取りだろう」

辰五郎の答えには迷いがなかった。

「そちらの尼様が、さっきおっしゃったでしょう。『夜蟬の五左衛門』は、獲物にも手下にも、容赦がない。しくじりと裏切りを、あの男は許さない」

茜は、溜息《ためいき》をそっと呑《の》み込んだ。

辰五郎が茜に似ていると感じたのは、身に着けた技の色合い、匂いのせいだけではなかったのだ。

親の情を知らず、幼い頃から闇を生きること、その術を叩《たた》きこまれた身の上。

ほんの刹那《せつな》、茜の胸に、幼い頃のことが生々しく蘇《よみがえ》った。

軽く首を振り、頭を冷やす。

辰五郎が、こちらを見ていた。

「それで、私は何をすればいいんです」

茜は、答えた。

「東慶寺から、正式な呼び出しを掛ける」

その場にいた皆が、驚きに息を呑んだ。

茜は続けた。

「詳しい策は、院代様のお許しを得てから話します」

茜からの報《しら》せと策を聞いた法秀尼は、二つ返事で許し、梓の駆け込みに関して、名代として茜に全権を委《ゆだ》ねた。

茜は、全て任せられたことに、驚いた。法秀尼から許しが出ないのではないかと、案じていたのだ。

姉弟《きょうだい》を「匿《かくま》う」と言い出した時の法秀尼は、どこか頑《かたく》なだったから。

だが、なんとしても許しを貰《もら》わなければいけない。宇垣が息を潜めている今のうちに、「夜蟬」とは決着を付けておきたい。

茜としては、大きな決意をもって、法秀尼の前に出た分、戸惑いは大きかった。

一体、どうお気持ちを変えられたのだろうか。

茜の胸の裡を、法秀尼は察したようだ。ほんのりと笑って告げた。

「茜が、あの姉弟を守るために立てた策です。止める理由《わけ》など、どこにもない」

それから、笑みをほろ苦いものに変え、法秀尼は詫《わ》びた。

「済まぬ、茜」

「院代様」

「お前は、口ではどう言おうと、どんな時も、この寺に助けを求めてきた女子《おなご》を見捨てたことはなかった。なのに、わたくしはお前を信じなかった。わたくしの為にあの二人を見限ろうとしているのだと、考えてしまった。情けないことに、あの二人を見て『昔』を思い出したせいだろうか。お前の本心が見えなくなっていた。茜に、どう詫びてよいか分からぬ」

辛《つら》そうな法秀尼を、茜は慌てて遮った。

「詫びなど、おやめください、法秀尼様」

茜は、少し俯《うつむ》いて続ける。

「おっしゃる通りです。私は、いざとなれば女子達よりも法秀尼様を、まずお守りします。そのために、私はここにいるのですから」

「そう言いながら、茜はいつも、わたくしと女子たち、そしてこの寺の者、すべてを守ってくれたではありませんか」

法秀尼の言葉に、茜は顔を上げた。

あの時と同じ笑みが、そこにあった。茜は泣きたくなった。

東慶寺《ここ》にいていい。茜は二度と法秀尼に刃《やいば》を向けたりしないことは、分かっている。

そう、茜に言ってくれた時の笑み。茜に、「茜」という名を与えてくれた時の笑み。

奥歯を嚙《か》み締め、溢《あふ》れそうになる想いを、腹の底へ押し戻し、茜は口を開いた。

「最善を尽くします」

「頼みます」

法秀尼は、「『昔』を思い出した」と言った。昔に、何があったのだろう。

問いたい気持ちを、茜はそっと抑えた。

法秀尼の言う「昔」に触れることは、きっと、法秀尼の哀しみに直に触れることだ。

そんな気がした。

小さな笑い声に、茜は法秀尼を見た。法秀尼が言う。

「何か、訊《き》きたそうですね」

「いえ」

「先日も、そうであった。昔、なぞと思わせぶりなことを申したから、無理もない」

「法秀尼様、それは――」

「気を揉《も》ませ、あの姉弟のことで苦労を掛けるお前には、話しておくべきでしょう」

法秀尼が、ふと遠い目をした。

「大した話ではない。わたくしは、慕ってはならぬ殿方を慕ってしまった、というだけです」

徳川御三家の一、水戸徳川家に生を受けたともなると、それが男子《おのこ》でも女子でも、様々な厄介事が身に降りかかる。

身内同士の妬《ねた》みや嫉《そね》み、そこから発する嫌がらせ。家中で力を得ようという下心から近づく者もあれば、他の兄弟に付いた者から陥れられることもある。

そんな法秀尼には、片時も側を離れず、警固をしてくれた家臣がいた。その家臣がいてくれたから、さして危ない目にも遭わず、恐ろしい思いもせずに済んだ。

胸に秘めた想いには、互いに気づいていたが、どちらも口にすることはなかった。叶《かな》うはずのない恋だったから。

ふ、と法秀尼が息を吐いた。

「しのぶれど　色に出《いで》にけり　我が恋は——。和歌のような雅《みやび》な話では、済まなくなってしまった。その者を浪々の身としてしまったのは、わたくしの咎《とが》です」

その者——家臣に対する呼び様が、哀しく響いた。

法秀尼が続ける。

「梓を一途《いちず》に守る辰五郎の姿が、忘れえぬ面影と重なった。これは御仏《みほとけ》の御導きだ。

なんとしても、二人を守らねば。そう思いました。今もその想いは変わらぬ」

「法秀尼様」

茜の呼びかけに、法秀尼はほんのりと微笑んだ。すぐに面を引き締め、呟《つぶや》いた。

「あの二人も、東慶寺の者共も、わたくしも、全て守る。茜の覚悟に、わたくしも応《こた》えねば。かつてのわたくし達と同じ目には遭わせぬ。それは、わたくしの勝手な想い。そこに拘《こだわ》っていては、あの者達は守れぬ」

法秀尼には、何か考えがあるようだ。

「茜」

呼ばれ、茜は「はい」と法秀尼を見た。法秀尼の瞳《ひとみ》に、決然とした光が灯《とも》っていた。

「茜は、何よりもまず、そなた自身を守りなさい」

「院代様」

「それが、わたくしと東慶寺を守ることに繋《つな》がる。いいですか。必ず自らをまず守ると、わたくしと約束してください」

無茶を、おっしゃる。

茜は、笑った。

無敵の笑みで無茶なことをさせるのが、院代様だったな。

茜は頭を下げて応じた。

「はい。必ず」


茜は、寺役所の辰五郎の部屋に、仲間を集めた。辰五郎は既に床を上げていた。頑丈な男だ。

「呼び出し状は、梓さんの実家《さと》にのみ、出します」

秋山尼が、心配そうに首を傾げた。

「それでは、内済離縁や白洲《しらす》の体裁が整いません。それに、呼び出し状を出すことで、東慶寺が公に動いたと豊後守様に知れれば、あちらにも動く口実を与えるのではありませんか。婚家をないがしろにし実家にのみ呼び出し状を送っては、寺法に反します。そこを突かれたら」

茜は、軽く笑った。

梅次郎が、楽し気に腕を組み直した。

「お。さては何か企《たくら》んでるな、姐《ねえ》さん」

「企んではいない。豊後守様が都合よく動いてくださったのに、乗るだけだ」

桂泉尼が訊いた。

「どういうことですの、茜さん」

茜は、にっと笑った。

「寺飛脚は、寺法に則《のっと》り、梓が逃げ出した家に呼び出し状を届けに向かった。だがそこは、空き家になっており、寺飛脚にはどなたの持ち物か皆目見当がつかない。持ち主が分からぬ以上、名主のみを呼び出しても、埒《らち》が明かない。やむなく、実家の二親だけを呼び出し、経緯《いきさつ》を聞くことにした。ただそれだけのことです」

「なぁるほど」

喜平治が、掌《てのひら》を拳《こぶし》でぽん、と打った。

梅次郎が、にやつきながら惚《ぼ》ける。

「おいらも、他の飛脚も、江戸の八軒町にゃあ行ってねぇけどなあ」

「それを知っているのは、我らと、その空き家を気にかけている者、例えばかつての家主くらいだろう」

万が一、豊後守方が、「寺飛脚なぞこなかった」と騒ぎ出せば、なぜそれを知っているのだと、いう話になる。藪《やぶ》を突《つつ》いて蛇を出す訳にはいかないはずだ。

桂泉尼が、邪気のない口調で呟いた。

「まあ、お人が悪い」

辰五郎が、身を乗り出した。

『上州屋』の父母を呼び出して、それからどうします。母は、手ぶらで来ることはしないでしょう」

茜は、頷《うなず》いた。

「分かっている。そこを突かせて貰《もら》う。辰五郎さん、歩けるか」

辰五郎が不敵に笑った。

「茜さんにやられたとこが、元の傷よりも痛いくらいですよ」

茜は、ちょっと笑い返して、告げた。

「ならば、すぐに御用宿『柏屋』へ移ってくれ」


東慶寺の呼び出し状に応じてやってきた「上州屋」夫婦は、いかにも善良な大店《おおだな》の主《あるじ》夫婦に見えた。

お慶に至っては、寺役所で「梓の為を思ってしたことが、かえって辛《つら》い思いをさせていたなんて」と、涙ぐみさえしてみせた。

それから、亭主の佐兵衛に向かって訴えた。

「お前さん、二人は今、どこでどうしているのでしょう。辰五郎は、きっと私達を恨んでいるのでしょうね。姉想いの子ですから」

佐兵衛は、女房に頷き掛け、喜平治に訊《たず》ねた。

「息子と、娘は今どちらに」

「御用宿『柏屋』にいらっしゃいます」

「では、手前共もそちらでご厄介になれますね」

喜平治が、束の間言い淀《よど》んでから、答えた。

「いえ、駆け込みの経緯が経緯ですから、お二人には別の御用宿『松本屋』へ、入って貰います」

「そんな。我が子にも会わせて貰えないのですか」

声を荒らげた佐兵衛を、お慶が宥《なだ》めた。

「お前さん、仕方ありませんよ。娘に酷《ひど》い仕打ちをした私達がいけないんです」

女房に宥められ、佐兵衛もしぶしぶ得心したようで、大人しく「松本屋」へ向かった。

日が暮れた後、「柏屋」から密《ひそ》かに出てきた人影があった。ひとりは、若い女。もうひとりは、腕を庇《かば》った男。二つの影は、東慶寺の裏門から入り、境内へ消えていった。

その夜更け、お慶が動いた。

＊　＊　＊

お慶は、黒装束の男達と、東慶寺脇の竹藪の奥で落ち合った。

「姐《あね》さん。尼寺へ乗り込みやすかい」

日暮れ、「柏屋」を見張らせていた男が、お慶に訊《き》いた。もうひとりの男が後を引き取る。

「境内で男が入れるのは、中門の外までです。若が一緒なら、中門の内にゃあ入れねぇ。寺役所にでも、匿《かくま》ってもらってるんでしょう。中門の内にゃあ、きっと手練《てだ》れの妙な女がいる。ありゃあ手ごわいが、寺役所の寝込みを襲うくれぇなら、あの女も間に合わねぇ」

お慶は、冷ややかに手下を叱った。

「馬鹿だね、お前達。寺役所になんか押し込んだら、待ち構えてる役人達に一網打尽、みんなお縄になっちまうじゃないか」

辰五郎は、お慶が仕掛けて来るのを読んでいる。手練れだという東慶寺の女剣士も。

現にお慶は、東慶寺の門近くに潜む大勢の気配を捕えている。表御門内で暮らしているという門番や役人、その身内だけでは、あんな物々しい気配にはならない。

別の男が、訊いた。

「若と小娘は、寺役所で役人達に囲まれてるってぇこってすかい」

「それじゃあ、手が出せねぇ」

お慶は笑った。

「いや」

「姐《あね》さん」

「東慶寺様は、助けを求める女子《おなご》の味方だ。追手の餌にゃあしないだろう。そして辰五郎は梓の側を離れない」

「するってぇと」

「『柏屋』から出て、東慶寺へ向かった奴らは、囮《おとり》だ。二人は『柏屋』にいる」

男達が、顔を見合わせ、揃って頷いた。

「さあ、いくよ」

お慶が、声を掛けた。


「柏屋」は静まり返っていた。

お慶は、御用宿だからこんなものかと、考えた。お慶と佐兵衛に宛がわれた「松本屋」も、昼間からしんとしていて、人の気配も少なかった。

江戸では、辰五郎に出し抜かれ、梓を攫《さら》われたが、ここ鎌倉では息子の策を読み、裏をかいてやった。

抜け目ない辰五郎のことだ、気を抜いていることはないだろうが、まさか全て見透かされているとは、思っていまい。何しろ、こちらを罠《わな》に掛けたと思っているのだから。

騒ぎを大きくすれば、東慶寺に詰めている役人に気づかれる。一息で、決着を付ける。

そのために、選《え》りすぐりの手下を連れてきたのだ。

梓と辰五郎を葬る。それが、あの御方の御指図だ。

「柏屋」の中を探りに行かせた手下が、帰ってきた。

「二人の部屋を、見つけやした」

「間違いないかい」

「へぇ。若の匕首《あいくち》がありやした」

「宿の奴らは」

「二組いた客も、奉公人、主夫婦も、揃ってよく眠ってやす」

お慶は、頷《うなず》いた。

無駄な殺しをしないのが、「夜蟬」だ。

手下の案内で、二人の部屋へ向かう。

蚊遣《かや》りの匂いが、鼻を突いた。

蚊帳《かや》の向こうに、横たわる人影がひとつ。

そして、少し離れた枕元に胡坐《あぐら》を搔《か》いて座る人影がひとつ、傍らには確かに辰五郎の匕首が置かれている。闇に生きる者が放つ殺気、隙の無さ、仄暗《ほのぐら》さを纏《まと》う人影。

間違いない。辰五郎だ。

お慶が、手下に合図を送った。

一斉に、手下が蚊帳の中へ。眠っている梓、枕元で梓を守っている辰五郎に襲い掛かる。

お慶は、手下が匕首を二人に向かって振り下ろす刹那《せつな》を、待った。

だしぬけに、「梓と辰五郎」が、動いた。

「梓」が、頭から被《かぶ》っていた薄い掻巻《かいまき》を跳ね上げて、襲い掛かろうとした手下を抑え込み、「辰五郎」が、背後に回った手下を、投げ飛ばした。

投げられた手下が、蚊帳を巻き込んで、お慶の方に転がった。

何が起きた。

隙が出来たのは、ほんの瞬《まばた》きひとつほどの間だった。

その間に、「辰五郎」が一気に迫ってきた。

小太刀を喉元《のどもと》に突き付けられ、お慶の動きは封じられた。

涼やかな女の声が、低く告げた。

「残念だったな」

気づくと、周りは幾人もの役人に囲まれていた。

「よく眠っていた」という、客や宿の連中に扮《ふん》していたのだと、お慶はようやく察した。

「ふぅ、暑い、暑い。女子ってのは、夏によくこんな暑いもんを、掛けて寝るよなあ」

「梓」役を務めていた小柄な男が、陽気な声でぼやいた。

お慶の喉《のど》に刃を当てていた女の瞳《ひとみ》が、鋭く光った。鋼色の不思議な光だ。

「梅さん、後ろっ」

小柄な男が、振り向きざま、背後から襲い掛かろうとしていた手下の鳩尾《みずおち》に拳《こぶし》をめり込ませた。

鈍い呻《うめ》きが、手下から漏れた。

やられた。

二人とも、手練れだ。

ここには、辰五郎も梓もいない。

お慶は、静かに手下へ告げた。

「皆、動くんじゃないよ」

「潔いな」

感心したように、女が呟《つぶや》いた。

お慶は訊いた。

「教えとくれな。二人は、どこに」

「お前達が、裏の裏を掻いてきた時の為に、辰五郎さんには寺役所に詰めて貰《もら》っていた。梓さんは、中門の内だ」

お慶は、目を瞠《みは》った。

あの辰五郎が、狙われている最中、梓を側から離すとは。

よほど東慶寺、いや、この女を信用したと見える。

お慶は、さばさばと笑って言った。

「そうかい」

*

お慶と手下は、「夜蟬」の一味としてお縄になった。

女房の正体を知らされた気の毒な「上州屋」主《あるじ》は、逗留《とうりゆう》先の「松本屋」で、抜け殻のようになったまま、動けないでいる。

「柏屋」の主、好兵衛は「押し込みに入られた、なんて知れたらお客さんが寄り付かなくなる」と、半べそかいていたが、梅次郎に『『夜蟬』に狙われても無傷だっただひとつの店」と売り込めばいいと慰められ、あっという間に元気を取り戻した。

そして梓は、尼になった。

元の素性を伏せた上で出家して清蓮尼《せいれん》と名乗り、東慶寺の北にある小さな庵《いおり》を任されることになった。若き庵主様だ。

法秀尼は、できることなら町場で暮らさせてやりたいと悩んだようだ。

だが、何の策もなく東慶寺を出たら、寺社奉行、宇垣豊後守が動く。

今、どうしても水戸徳川家の助力は頼めない。東慶寺の院代が支度できるのは、「尼僧の素性」くらいしかない。

そしてそれは、梓の願いでもあった。

ただ、静かに、穏やかに、御仏《みほとけ》と向き合って暮らしたいと、梓は告げた。

鳥の声で目を覚まし、風の音を聞き、星月を見上げ、眠りにつく。

東慶寺の中門内で過ごした数日は、梓にとって幸せな日々だったらしい。

梓の決心を、辰五郎も後押しした。勿論《もちろん》、片時も離れず、側で守ると心に決めているようだ。

宇垣が「庵主様」の正体が梓だと、気づいた時に備えて。

梓と辰五郎は、密《ひそ》やかに庵へ移ることになった。しばらくは、互いに行き来もしない方がいいだろうと、決めた。

すっかり親しくなった桂泉尼、秋山尼と別れを惜しむ梓——清蓮尼を辰五郎と見守りながら、茜は訊《き》いた。

「これで、いいのか」

「何が、です」

「梓さんに、手が届かなくなってしまう」

ふ、と辰五郎は笑った。

「私は、姉さんの側にいて、姉さんを守ることが出来れば、充分です」

茜は、辰五郎を見た。

辰五郎が続ける。

「姉さんは、私のことを弟だと思っています。あの女《ひと》の求めるものが『弟』なら、私は弟でいい」

「苦しいな」

そんな言葉が、するりとこぼれ出た。

辰五郎は、さっぱりした顔で言った。

「そうでもありません。姉さんの一番側にいられるんですから」

暫《しばら》く黙った後、茜は頷いた。

「そうか」


茜は、再び江戸へ入った。

夜更け、向かったのは「夜蟬」の五左衛門の許《もと》だ。

寝間に忍び込んだ茜に、五左衛門は慌てもせず、豪胆に笑って見せた。

「器量よしに寝込みを襲われるってのも、悪かねぇ」

それから、茜の顔を覗《のぞ》き込み、言った。

「鋼色の瞳。お前さんだね、お慶の奴を出し抜いたのは」

茜は訊いた。

「なぜ、知っている」

「そりゃあ、牢《ろう》の中なんざ、いつでも繫《つな》ぎはとれるからな。お慶を嵌《は》めた腕と、ひとりでここまで乗り込んできた肝の据わりっぷりに免じて、答えてやるよ。俺に何の用だい」

「辰五郎さんと梓さんを、葬ろうとしたのは何故だ」

五左衛門は、あっさり答えた。

「俺じゃねぇ」

「それは、本当か」

「答えてやると、この俺が言ったんだ。嘘なんざつかねぇ。お慶が何やら動いていたようだぜ」

茜は、少し考え、頷《うなず》いた。

「礼を言う」

短く告げ、去ろうとした茜を、「嬢ちゃん」と、五左衛門は呼び止めた。

「もう、ここにゃあこねぇ方がいいぜ。次は、ねぇからよ」

「分かった。そうしよう」

「達者でな」

五左衛門の上機嫌な声に送られ、茜は江戸を後にした。

駆込ノ三——梅次郎、迷う

朝夕に吹く風に、心地よい涼しさが混じるようになった夏の終わり。

東慶寺に、ひとりの女が駆け込んできた。

歳の頃は三十の少し手前というところだろうか。一見、「大人しい町場の女房」といった風情だったが、ちょっとした仕草や、常に潤んでいるようにみえる瞳《ひとみ》に、艶《つや》が垣間《かいま》見えていた。

顔色は真っ青だったが、落ち着いた様子で門番に頭を下げ、ここは「駆込寺」ですか、と訊《たず》ねた。

亭主方が後を追ってくる様子もなく、あっさりと「駆け込み」はなされた。

寺役所で、若い寺役人の弥助が相手をしたが、一転、女は口を噤《つぐ》んでしまい、知らせを受けて駆け付けた茜、桂泉尼や秋山尼が問いかけても、名さえ聞き出せなかった。

どうしたものか、と茜達が顔を見合わせていた時、他の駆け込みの呼び出し状を届けに出ていた梅次郎が、戻ってきた。

外で喜平治と呑気《のんき》な言葉を交わしている。もっとも、二人とも万事心得ていて、その遣《や》り取りは、恐らく研ぎ澄まされた茜の耳にしか、届いていないだろう。

「へぇ。だんまりの器量よしかあ」

「覗《のぞ》くなよ、梅」

「覗かねぇよ。ちょいと部屋に入るだけさ。尼様方と姐《ねえ》さんに、戻った挨拶《あいさつ》と、先方の様子も知らせなきゃならねぇしな」

「おい、こら、ちょっと待て――」

大きくなった喜平治の声と共に、障子が開き、悪戯《いたずら》顔の梅次郎が部屋へ入ってきた。

大きく震えた女が、梅次郎の姿を見た途端、立ち上がった。

「梅さん、梅さんよね」

茜が初めて聞いた女の声は、大層嬉《うれ》し気に弾んでいた。目に涙を滲《にじ》ませ、梅次郎へ駆け寄る。

「朝霧《あさぎり》さん――」

茫然《ぼうぜん》と呟《つぶや》いた梅次郎の両手を取り、女は泣きながら笑った。

「久しぶりね。懐かしい。会所を辞めて、それからどうしてたの。元気にしてた」

梅次郎と親し気に言葉を交わした後、再び女は口を噤んでしまった。梅次郎が促しても、弱々しく首を振るのみで、何も言葉を発しない。

仕方なく、梅次郎が「朝霧」と呼ぶ女を、一旦《いったん》「柏屋」へ預けることにした。主《あるじ》の好兵衛と女房のおりきなら、朝霧の心を上手《うま》くほぐして、世間話のひとつや二つ、交わせるかもしれない。何気ない遣り取りから察してくれることも、あるだろう。

一方で茜達は、梅次郎から「朝霧」について、話を聞くことにした。

女の名は、霧《きり》。元は吉原《よしわら》の遊女で、今は惚《ほ》れ合った男に請け出され、幸せに暮らしているはずだ。亭主は源助《げんすけ》。大工をしている。

秋山尼が、言った。

「梅さん、随分詳しいんですね。ひょっとして、馴染《なじ》みの遊女だったのかしら」

つけつけとした訊ね様を、桂泉尼がやんわりと咎《とが》めた。

「秋さん、経緯《いきさつ》も分からないのに、そんな言い方」

「あら、だって。当人が名も言わないのでは、知り合いらしい梅さんから話を聞くよりないじゃありませんか。その梅さんの話がどこまで確かなのか知るには、経緯も知らなければ」

桂泉尼が、梅次郎を気にしながら、おっとりと言い返す。

「でもねぇ。まるで、算術の答えを確かめるように訊ねなくても」

秋山尼が、ぷう、と頰を膨らませた。

「わたくしだって、言い方には気を付けたつもりです」

桂泉尼が、目を丸くした。

「あら、まあ」

「『あら、まあ』って。桂さんこそ、随分な言い方」

梅次郎が、噴き出した。

「言い方なんざ、構いやせんよ。秋山尼様のおっしゃる通り、ここはあっしが話すとこだ。あっしは、東慶寺《ここ》で寺飛脚として世話になる前、吉原におりやした。四郎《しろ》兵衛《べえ》会所ってのは、ご存じですか」

江戸、官許の遊郭、吉原の出入り口は大門ひとつ。遊女が逃げ出すこと――足抜けを防ぐためだ。

大門の左脇には、江戸町奉行所が設けた番屋、そして右脇が四郎兵衛会所だ。ここには、男衆《おとこし》と呼ばれる者達が詰めている。大門内《うち》で起きる喧嘩《けんか》や刃傷沙汰《にんじょうざた》に備える為もあるが、一番の目的は、遊女の足抜けを止めることだ。万が一遊女が逃げ出した時は、追い、捕える。

そのため、会所の男衆は、腕に覚えのある者が集められていた。梅次郎は喧嘩の強さに加え、すばしっこさ、韋駄天《いだてん》振りを買われ、男衆になった。遊女が逃げ出した時に役に立つという訳だ。

「会所の男衆と遊女が顔を合わせることは滅多にねぇが、それでも揉《も》め事を収めた切っ掛けやら何やらで、顔見知りは、できる。そのうちのひとりが朝霧さんです。朝霧さんと、馴染みの源助さんは、まるで堅気の男と女みてぇに、見てて微笑ましくなるような間柄だったなあ」

梅次郎が、懐かし気に目を細めた。

桂泉尼が微笑んだ。

「源助さんが朝霧さんを吉原から請け出し、所帯を持ったということですね。まあ、よかったこと」

「もう、六年になるかなあ。源助さんは金子《きんす》を工面するのに、苦労なすったようですぜ。朝霧さんは年季明けまで待つからと言ってたんですが、一日も早く出してやりてぇって、住んでた一軒家売り払って、大工の仕事掛け持ちして」

秋山尼が、訊《き》いた。

「それを知ってることは、梅さんが吉原を辞めたのは、朝霧さんが吉原を出た後なのね。なぜ、辞めたんです」

桂泉尼が、微苦笑交じりで秋山尼を止めた。

「秋さん。そこは、お霧さんの駆け込みと、関わりないでしょうに」

「だって。ここまで聞いたら、知りたいではありませんか」

秋山尼は、かつて東慶寺に駆け込んできた時、「今までの辛《つら》さを、誰かに聞いて貰《もら》いたかった。何があったのか、と訊いて貰えたことが、どれほど嬉《うれ》しかったか」と言ったそうだ。

その思いがあるからこその問いなのだろうと、茜は察した。

秋山尼の駆け込みと梅次郎が東慶寺へやって来たのは、法秀尼が東慶寺へ入って間もなく、ほぼ同じ頃だったようだし、事情は違えど、他人事《ひと》とは思えないのかもしれない。

梅次郎は笑って答えた。

「給金はいい、周りはいい女ばっかりだ。こんな旨《うま》い仕事はねぇ。そう思ったんですけどねぇ。遊女の足抜けなんぞ、滅多にあるもんじゃねぇ。四郎兵衛会所が動くほどの面倒事を起こすのは、大概野郎だ。なんだか馬鹿馬鹿しくなって、辞めやした」

嘘だなと、茜は感じた。尼僧二人もそう思っているようだ。

喜平治が、顔を顰《しか》めた。

「梅、そんなとこで嘘ついてどうするよ」

「馬鹿馬鹿しくて辞めたのは、間違っちゃいねぇさ」

「大間違いだ、馬鹿野郎」

やれやれ、という風に、喜平治が息を吐き、茜達に向かった。

「こいつはね、四郎兵衛会所の男衆をやるにゃあ、優しすぎたんですよ」

「平さん」

「言わせろ、梅。茜さんと桂様はともかく、秋様は、ちゃんとお伝えするまで赦《ゆる》しちゃくださらねぇぞ」

秋山尼が、大きく頷《うなず》いたのを見て、桂泉尼がくすりと笑った。

梅次郎は盛大に顔を顰めたが、喜平治を遮る素振りは見せない。

喜平治が話を進めた。

「あっしとこいつが出逢《であ》ったのは、法秀尼様が東慶寺へいらしてすぐ、あっしが江戸へ出た時のことです」

桂泉尼が目を丸くした。

「喜平治さんが、江戸へ」

へぇ、と喜平治が頷いた。

＊

法秀尼が蔭涼軒院代の座に就くまで、東慶寺は荒れていた。古参の喜平治が寺役所を纏《まと》めていたとはいえ、身の上は只《ただ》の寺役人の配下でしかなかったため、寺役人の不正や、寺の者達が行う悪事を咎める術《すべ》がなかった。まともな者は、一握りの尼僧、喜平治と喜平治を慕う、数人の寺役所の男のみだった。

寺飛脚も信の置ける者がいなかったため、新たな飛脚が来るまで呼び出し状を喜平治が運んでいたのだ。

時が掛かるが、致し方なしと、法秀尼の決めたことだった。

呼び出し状を届けた後、昼飯にと入った一膳飯屋《いちぜんめしや》の隅で、ひとり酒を呷《あお》る男がいた。

日の高い時分、既に随分呑《の》んだ風なのに、酔えないでいる様子の男が、喜平治は妙に気になった。

身なりはこざっぱりとして、金子に困っている風ではない。かと言って、地回りや遊び人にも見えない。大金持ちの放蕩《ほうとう》息子、という訳でもなさそうだ。

仕事は、どうしているのだろう。

男がふと顔を上げた拍子に、様子を覗《うかが》っていた喜平治と目が合った。

すぐに目を逸《そ》らしたが、何か話したいのだと、ぴんときた。

喜平治は、側へ行きながら声を掛けた。

「兄さん、名は」

「梅次郎」

言葉は、思いのほかしっかりしている。

「一緒に、いいかい」

喜平治の問いに、梅次郎が笑った。明るい笑顔が痛々しかった。

「お前さんも、一杯やるかい」

少し考えて、喜平治は「そうだな」と、頷いた。

酒を誘っておいて、梅次郎は少し心配そうな顔になった。

「仕事は、いいのかい。まだお天道様《てんと》は随分高《たけ》ぇとこにあるぜ」

梅次郎の向かいに置かれた樽《たる》に腰を下ろしながら、喜平治は笑った。

「仕事で江戸に来て、これから戻るとこだ」

そうかい、と梅次郎が頷いた。

「そういう、お前さんはどうなんだ」

ふ、と梅次郎が笑った。

「おいらぁ、いいんだよ。働きゃあ働くほど、女達が酷《ひで》ぇ目に遭う」

敢《あ》えて軽い調子で、喜平治は応じた。

「穏やかじゃないねぇ。どんな仕事だい」

「四郎兵衛会所さ」

吉原か。なるほど、四郎兵衛会所なら、確かに穏やかな話ではない。

逃げようとして捕えられた遊女を待っているのは、酷《むご》い仕打ちのみだ。

それきり、梅次郎は黙ってしまった。喜平治は、頼んだ酒をちびちび舐《な》めながら、再び梅次郎が口を開くのを待った。

放っておけない。その一心だった。

やがて、ぽつぽつと、梅次郎は語り始めた。

喧嘩《けんか》の強さよりも、足の速さを買われたのが嬉《うれ》しくて、男衆《おとこし》になったこと。けれど、捕えた女に、見逃してくれと、泣いて縋《すが》られるたび、逃がしてやりたくなること。

恨みの籠《こも》った目で睨《にら》まれるたび、済まない、と詫《わ》びてしまうこと。

会所の仲間に、あいつはいつかきっと、女をわざと逃がす、と囁《ささや》かれ始めていること。

梅次郎は、盃《さかずき》に残っていた酒をぐい、と呷り、呟《つぶや》いた。

「女を見逃しゃあ、おいらが袋叩《ふくろだた》き。手前《てめ》ぇが可愛くて女を見殺しにすりゃあ、女達に待ってるのは、地獄だ。どっちを選べってぇ言われたら、お前《め》ぇさん、どうする」

この男は、東慶寺の助けになる。

会所の男衆のくせに、逃げる遊女に肩入れして苦しむくらいだ。きっと、駆け込み女にも親身になってくれるだろう。

どれほどの足かは分からないが、四郎兵衛会所に買われたのなら、まず間違いはない。喜平治は、逸《はや》る心を抑えて切り出した。

「どちらを選ばなくても、出来ることがあるかもしれないぞ」

梅次郎が、喜平治を見た。

「梅次郎さん。お前ぇさん、江戸から鎌倉まで、走れるかい」

「何の話だい」

喜平治は、にっと笑って見せた。

「どうせ韋駄天《いだてん》を活《い》かすんなら、女を捕えるんじゃなく、助ける方へ回ってみないかって、話さ」

＊

梅次郎が、照れ臭そうに笑った。

「あの時の平さんは、胡散臭《うさんくさ》かったよなぁ」

「よく言うぜ。二つ返事でくっついて来たくせに」

「そりゃあ、てっきり、すぐにでも飛脚になれるのかと思ったから。それが、お偉い院代様にお目通りして、許しを貰《もら》わなきゃならねぇって聞いて、驚いたぜ。話が違うじゃねぇか、ってよ」

「法秀尼様は、あっさりお許し下すったじゃないか」

「初めてお会いした時は、肝が縮んだぜ。おっとりしておいでなのに、なんでだろうなあ」

梅次郎と喜平治の楽し気な遣《や》り取りに、秋山尼が口を挟んだ。

「よかったのでは、ありませんか」

出し抜けの言葉に、視線が秋山尼へ集まった。

秋山尼が、つん、と鼻を上へ向けた。これは、照れ隠しだ。

「梅さんには、松岡御所の寺飛脚が、よく似合っておいでだってことです」

桂泉尼が、すかさず茶々を入れた。

「あら、照れずにちゃんと仰《おっしゃ》ればいいのに。喜平治さんは、よくぞ梅次郎さんに声を掛けてくれた。松岡御所には欠かせないお人だ、と」

秋山尼は、涼しい顔で桂泉尼の口調を真似た。

「あら、わたくし、言いませんでしたかしら」

梅次郎が、軽く目を瞠《みは》り、嬉しそうに笑った。

「そいつは、どうも」

軽く往《い》なしたような礼にも、嬉しさが滲《にじ》んでいる。

皆でひとしきり笑った後、喜平治が気づかわし気に話を戻した。

「梅は、吉原の女達に頼りにされていたんです。その梅にも、駆け込みの経緯《いきさつ》が言えないってのは、一体何があったのか」

茜は頷《うなず》いた。

「ご亭主が追ってきている気配はありませんが、警固は念入りにしておきましょう。お霧さんの心も、『柏屋』で少しはほぐれるかもしれない」


翌朝、好兵衛が寺役所を訪ねてきた。

「柏屋」でなら、少しは気も緩んで何か話しているかもしれない。そんな茜達の目論見《もくろみ》は、外れた。

お霧は「柏屋」でも、礼も挨拶《あいさつ》も交わさず、一言も口を利かない。

おりきが散々勧めて、ようやく、旅でかいた汗を湯殿で流し、ほんの少し夕飯に箸《はし》を付けたそうだ。

好兵衛は、しょげかえって茜達に詫びた。

「お役に立てず、申し訳ありません」

秋山尼が、首を横へ振った。

「好兵衛さんが詫びるなんて。わたくし達もお手上げだったんですから」

好兵衛は、ぶ厚い肩を落とし、ぼやいた。

「『柏屋』自慢の饅頭《まんじゅう》にも手をつけて頂けなかったんでございますよ。あんなに旨《うま》いのに」

まあ、と桂泉尼が、ふっくらした頰に手を当てた。

「それは、大変」

秋山尼がくすりと笑いを零《こぼ》した。

「饅頭ですか。好兵衛さんらしい」

茜は苦笑いで秋山尼に頷いてから、好兵衛にお霧を寺役所へ寄こすよう、頼んだ。

ほどなくして、「柏屋」の番頭に連れられ、お霧がやってきた。

相変わらず青く硬い顔をして、俯《うつむ》いたまま、茜や喜平治とも目を合わせない。

声を掛けようとした喜平治を、茜は軽く手を上げて、止めた。

茜は、真っ直ぐに訊《き》いた。

「お霧さんは、何を恐れているんです」

お霧が、はっとして茜を見、すぐに、茜の視線から逃げるように項垂《うなだ》れた。

きつく握りしめた両の手が、小刻みに震えている。

「梅さんは」

お霧が、ようやく口を利いた。掠《かす》れて、乾いた声だった。

茜は静かに応じた。

「呼びましょうか」

お霧が、ごくりと、唾《つば》を呑《の》み込んで、告げた。

「梅さんだけになら、お話しします」


すぐに梅次郎が呼ばれ、茜達は部屋から出た。

お霧が、「梅さんだけにしか話さない」と言い張り、思いのほか周りの気配に過敏になっていた為、一旦《いったん》部屋から遠ざかり、すぐに茜だけ戻った。

隣の部屋で気配を消し、耳を澄ませる。

「食いなよ。うまいぜ、『柏屋』さんの饅頭」

梅次郎が、饅頭を勧めている声がした。

「夕飯も、朝飯も、殆《ほとん》ど箸を付けなかったそうじゃねぇか。せめて、饅頭くらいは
――」

「梅さん、助けて」

お霧が、梅次郎を遮った。

「お霧さん。一体、何があったんだい。源助さんとは、あんなに想い合ってたのに」

「助けて。うちのひとと、坊やが、攫《さら》われたの」

「なんだって」

「あたしが、ちゃんとやらなきゃ、うちのひとも坊やも、無事では済まない」

「お霧さん、落ち着け。最初《はじめ》から、順に話してくれ。力になるから」

お霧は、梅次郎の言葉も耳に入らないような口ぶりで、まくし立てた。

「ねえ、梅さんなら知ってるでしょう。梓って女の人が、今どこにいるのか」


梅次郎は、茜達に「何も訊き出せなかった」と、告げた。

お霧に、「誰かに漏らせば、亭主と息子は戻ってこない」と、泣きながら口止めされたのだ。

茜は、もう一度梅次郎に確かめた。

「本当に」

梅次郎が、硬い顔で茜に訊き返した。

「え」

「お霧さんは、梅さんだけになら話すと言った。なのに、本当にお霧さんは何も話さなかったのか」

梅次郎が、茜を見た。

「姐《ねえ》さん、ひょっとして——」

茜は、梅次郎を見返した。梅次郎の瞳《ひとみ》の奥が、揺れた。ふ、と明るい寺飛脚が笑った。

「いや、なんでもねぇ」

「梅さん」

「多分、お霧さんは気が変わったんじゃねぇかな。まあ、遊女達を追い回してた会所の男衆《おとこし》だった野郎を、元遊女が信じる訳はねぇさ。役立たずで、済まねぇ」

茜は、溜息《ためいき》を堪《こら》え、頷いた。

「分かった。手間を取らせた」

茜は、迷わなかった。

梅次郎が、法秀尼の文を持って代官所へ向かった合間を縫って、喜平治、桂泉尼、秋山尼を寺役所に呼び、切り出した。

「頼みが、あります」

それから、お霧は幾度も「梅さんと話したい」「梅次郎になら、打ち明ける」と言っては、梅次郎に会った。

そのたびに、梅次郎は「何も訊き出せなかった」と繰り返した。

お霧を桂泉尼が諭しても、秋山尼が窘《たしな》めても、また、喜平治が梅次郎に確かめても、お霧も梅次郎も、同じことを言い続けた。

お霧に梅次郎を会わせると、二人の言い争う声が寺役所の外まで、たびたび漏れ聞こえるようになった。

茜と小太刀の稽古《けいこ》をしていた桂泉尼が、心配そうな顔で茜に訊いた。

「茜さん、本当によろしいんですの」

「ええ。このままで」

桂泉尼は、小太刀を仕舞って茜を見た。

「茜さんが、院代様をお守りすることを、何よりも一番に考えて下さっているのは、分かっています。院代様、いえ、姫様は、ああいうお方ですから」

桂泉尼は、法秀尼が落飾する前、水戸家にいる時から、つき従ってきた。桂泉尼こそ、誰よりも近くで法秀尼を見守り、法秀尼の為に生きてきた女だ。

その女の語る「ああいうお方」には、様々な意味が込められていた。

慈愛に溢《あふ》れ、自分よりも寺の者や駆け込み女を案じ、そして、言い出したら聞かない。

桂泉尼が、続ける。

「東慶寺へ入られることになった時、姫様は、ご自身の全てを懸けて、東慶寺の院代を務める、東慶寺の為に生きると、決心されました。今では、東慶寺を御身そのもののように、思われておいでです」

「ええ」

茜は、頷《うなず》いた。それは、茜も承知している。だから先日の法秀尼の穏やかな言葉が、切なく辛《つら》かった。

寺社奉行、宇垣豊後守から梓と辰五郎を匿《かくま》うと決めた法秀尼を、茜が止めた時のことだ。

法秀尼自身が寺法に背いたことを豊後守に突かれたら、と訴えた茜に、法秀尼は穏やかに言ったのだ。

——その時は、勝手をしたわたくしが去ればよい。さすれば、寺に累が及ぶこともあるまい。

桂泉尼は、茜を見つめて、問うた。

「茜さんの、その決断は、本当にお優しい姫様の、東慶寺のためになりますかしら」

茜は、桂泉尼を見て微笑んだ。

「お約束します。桂さんが案じているようなことには、決してならない。いえ、私が、させません」

桂泉尼の真摯《しんし》な目元が、ようやく、ほっこりと緩んだ。

「出過ぎたことを、申しました。お許しくださいませね」

茜は、少し笑ってから、桂泉尼を促した。

「さあ、稽古を続けましょう」

桂泉尼が悲し気に小太刀を握り直した。

「師匠が厳しすぎて、食が細くなってしまいそうです」

――では、「柏屋」さんの饅頭《まんじゅう》も、これからは桂さんには不要ですね。
そんな秋山尼の言葉が思い浮かんで、茜は小さく笑った。

＊　＊　＊

お霧――朝霧は、部屋持ち遊女だった。自室は与えられているものの、吉原の中ではさほど位の高くない、客にとっては肩の張らない相手だ。親の借財の為、売られてきたという。

梅次郎とは、客同士が始めた襖《ふすま》を破るほどの派手な大喧嘩《おおげんか》を収めに会所が出向いた時に知り合った。

喧嘩が始まったのが朝霧の隣部屋で、巻き込まれ、怪我をしそうになった朝霧を梅次郎が庇《かば》ったのだ。

以来、梅次郎は大人しく目立たない朝霧を気に掛けていたし、朝霧も、梅次郎を頼りにしてくれていた。

朝霧が、「いい男《ひと》が出来た」と嬉《うれ》しそうに話してくれた時は、梅次郎は少し心配した。

どれだけ惚《ほ》れ合っても、所詮《しょせん》、「遊女と客」だ。身請けの話も、女の年季が明けてからの約束も、心許《こころもと》なく移ろいやすい。

本気になって、辛い事にはならないだろうか。

朝霧の相手、源助の二親は羽振りのいい商人だった。店は兄が継ぐことになっていたので、大工になったのだそうだ。家を出る時、せめて、暮らしに困らないようにと、小さな一軒家を貰《もら》った。

大工仲間に誘われ吉原大門を潜り、朝霧と出逢《であ》った。

話好きの源助と、大人しい朝霧は、大層気が合った。とりわけ、桜草のことでは、話が弾んだ。桜草は様々な種があり、それぞれを掛け合わせて変わり種を咲かせるのが、粋《いき》な遊びとして、人気なのだ。

源助は、大人しい朝霧が困らないよう、いつも楽しい話を聞かせてくれる。朝霧は、源助が相手だと、随分とおしゃべりになれた。

二人が「遊女と客」という立場を越えて惹《ひ》かれ合うのに、さして時は掛からなかった。

源助が、親から貰った家を売り、仕事を増やして、朝霧を請け出そうとしていると聞いた時、梅次郎は身内のことのように喜んだ。

晴れて、大門から吉原を出ていく朝霧――お霧と源助の幸せそうな姿を、梅次郎は今でも忘れていない。

だから、東慶寺へ駆け込んできたお霧を見た時は、大層驚いたし、哀しかった。何があったか知りたかった。ことと次第によっては、元の鞘《さや》に納められるかもしれない。

ところが、お霧は「亭主と息子が攫《さら》われた」と言い出した。二人を助け出すためには、「梓」の行方を捜さなければいけないのだ、と。

すぐに察しが付いた。

恐らく、寺社奉行、宇垣豊後守の仕業だ。

豊後守は、出し抜かれたまま、大人しく引き下がるような男ではない。

茜が、そう言ってずっと気にしていた。

初め、梅次郎はお霧に「知らない」と言った。

自分はただの寺飛脚だ。駆け込んだ女とその身内が、その後どうなったかなぞ、知る由もない。

言えるわけがなかった。あの二人の命が懸かっている。

だが、お霧は、熱がこもっている癖に、妙に据わった目をして告げた。

知らないのなら、捜してくれ、と。

——ねぇ、梅さんなら出来るでしょう。あの時、見世での大喧嘩をあっという間に収めてくれた梅さんなら。梅さん、助けてくれたじゃない。頭に血が上った客に思い切り突き飛ばされて、危うく火鉢に顔を突っ込みそうになった、あたしを庇って、梅さん、火傷《やけど》したでしょう。あのお蔭《かげ》で、あたしは遊女を続けられた。遊女を続けていたから、うちのひとと出逢うことが出来た。坊やも授かった。みんな梅さんのお蔭。だから、もう一度だけ。もう一度だけ助けて。お願い。このことで梅さんが、御寺様から咎《とが》めを受けるんなら、代わりにあたしがその咎めを受ける。命を差し出せというなら、喜んでこんな命、誰にだって上げる。だからねぇ、梅さん、後生だから。

寺役所でお霧と会うたびに、言い合いになった。

その実、梅次郎は二人の行方——松岡御所の北、森の中のひっそりとした庵《いおり》を知っている。

だから、お霧に泣かれるたび、亭主と息子を見殺しにしろと言うのかと訴えられるたび、辛かった。

法秀尼や仲間達に、打ち明けることも考えた。

だが、それもできなかった。

一度助けた駆け込み女を売るような真似を、東慶寺はしない。

ましてや、法秀尼はあの二人には格別な思い入れがあるようだった。

それでも、法秀尼は、仲間達は、なんとかしてお霧の力になろうとするだろう。

この板挟みに、巻き込んではいけない。

寺社奉行と、更にことを構えることにもなりかねない。

お霧から涙が消えた。思いつめた目でお霧は呟《つぶや》いた。

――このままじゃ、本当にうちのひとと坊やが、殺されてしまう。

お霧の焦りが、梅次郎にも伝染《うつ》った。

何をどうしていいか分からないまま、夜更け、梅次郎は境内、寺役所近くに作られた住まいから、抜け出した。

気晴らしに出かけて来る、と門番に告げようと、笑みを作る。

「梅。どこへ行くつもりだ」

梅次郎は、ぎくりとして振り返った。常夜灯の明かりに、難しい顔をした喜平治の姿が浮かび上がった。

「平さん」

惚《とぼ》けたつもりの声は、酷《ひど》く硬く、掠《かす》れていた。

来い、と身振りで促され、梅次郎は従った。喜平治の向かった先は寺役所、駆け込み女から事情を聞く時に使う部屋だった。自分も駆け込み女のように調べられるのか、と思うと、胸の隅が軋《きし》んだ。

灯《あか》りを灯《とも》しながら、梅次郎の顔色を察したように、喜平治が言う。

「住まいじゃあ、女房や子供の耳もあるからな」

そんなところまでお見通しか。

笑いごとではないのに、笑いが込み上げてきて、梅次郎は口許を緩めた。

喜平治が、梅次郎の差し向かいに腰を下ろし、おもむろに口を開いた。

「梅。お前《め》ぇ、まさか清蓮尼様の庵へ、行くつもりだったんじゃあねぇよな」

答えずにいると、喜平治が溜息《ためいき》交じりで、「図星か」と呟いた。

喜平治の目許が、厳しくなる。

「清蓮尼様を、誰かに売るつもりだったのか。そいつは、お霧さんの亭主と息子を攫った奴か」

梅次郎は、嗤《わら》った。

「やっぱり、姐《ねえ》さんはすっかり聞いてたんだな。で、おいらを見張れってのは、姐さんの指図かい」

「見張ってた訳じゃあ、ねぇよ。ただ俺は、お前ぇが心配だっただけだ。今日のお前ぇはとりわけ、思いつめた顔をしてた」

「それで、どうする。おいらを院代様に突き出すかい。寺を売ろうとした裏切り者でございます、ってな」

我ながら、出来の悪い開き直り振りだ。情けなくなって、また嗤った。

喜平治が、ほろ苦い溜息を吐いて、梅次郎を見た。

「なあ、梅。お前ぇ、本気で茜さんがそんなこと言ったと、思ってんのか」

梅次郎が答える前に、喜平治は続けた。

「お前ぇが言った通り、茜さんは最初《はな》から、知ってなすった。そりゃあ、そうだろう。お前ぇとお霧さんの遣《や》り取りを確かめねぇ訳にゃあ、いかねぇ。知った上で、梅、お前ぇに任せる。梅が心を決めるまで待つって、おっしゃったんだぜ」

「え――」

頭の後ろを、殴られた心地がした。

「梅なら、正しい決断をしてくれるって、信じなすってたんだろうよ」

梅次郎は、思わず叫んだ。

「正しい決断って、何だよ、平さん」

「梅」

「なあ、教えてくれよ。おいら、どうすりゃよかったんだ。平さんの言う通り、人助けをしよう、そう思って、松岡へ来た。吉原では女達を辛《つれ》ぇ目に遭わせちまった。その埋め合わせになるなんて、思っちゃねぇ。ただ、ひとりでも誰かを助けられりゃあ、ちっとは償いになるかもしれねぇ。そう思った。ここへ来て、誰かを助けられることが、こんなに嬉《うれ》しいもんだって、知った。だからおいらは、人を助けてぇ。なのに、古馴染《ふるなじ》みを助けるにゃあ、助けたばっかりのお人を売らなきゃならねぇ。助けたばっかりのお人を守るにゃあ、古馴染みを見捨てるしかねぇ。二つにひとつだってぇ言われたら、平さんは、どうする。姐さんは、何が正しいと思ってるんだ。頼む。教えてくれ、平さん」

喜平治は、暫《しばら》く黙ってから梅次郎に訊《き》いた。

「だが、お前ぇはもう決めたんだろう。古馴染みを助けて、庵の御方を差し出すって、よ」

梅次郎は、力なく首を横へ振った。

「分からねぇ。分からねぇから、様子を見に行こうとした。心のどっかで、清蓮尼様も辰五郎さんも、俺からいなくなっててくれたらいい。そう思ってた。そうしたら、もうおいらにゃあ行方は分からねぇ。あの二人を売らずに済む。お霧さんにも申し訳が立つ。馬鹿だよな。行きつく先は同じなのに。おいらが知らなくても、知ってて隠しても、清蓮尼様の行方を知らせなきゃあ、お霧さんの亭主と息子は戻らねぇ。おいらの気持ちがちっとは楽になるってぇだけだ。まったく、情けねぇ」

「そうだったのかい。決めちゃあいなかったのかい」

呟いた喜平治は、少しほっとした風に見えた。

「平さん」

「梅よ。茜さんはお前ぇを信じるっておっしゃったが、俺は心配だった。お前ぇとは、茜さんより付き合いが長《なげ》ぇからな。お前ぇは滅多に追い詰められることはねぇが、いざ追い詰められると、酷く近視《ちかめ》になる。江戸の一膳飯屋《いちぜんめしや》で酒呷《あお》ってた時もそうだ。吉原の女達を捕える仕事が嫌なら、会所なんか辞めちまえば済む。韋駄天《いだてん》で腕が立つお前ぇがいなくなりゃ、少しは女達も逃げ延びる機会が増えるってもんだ。なのに、お前ぇは逃がすか、捕えるかで、迷ってやがった。今度も同じだぜ。なんで、俺の御方か、お霧さんの身内か、どっちかを選ばなきゃならねぇ」

「平さん、何を言ってる」

「茜さんも、法秀尼様も、何ひとつ迷っちゃいねぇ。どっちも助ける。そう決めてなさる」

「そんな、無茶な話があるもんか」

「無茶だと思うかい。あの法秀尼様、あの茜さん、だぜ」

梅次郎は、茫然《ぼうぜん》と喜平治を見遣った。

喜平治は、こめかみを人差し指でぽりぽりと掻《か》いた。

「どうせ、また追い詰められて、『二つにひとつ』だって思い込んでるんだろうと思ってよ。梅。お前ぇは、ちっとは、逃げるってことを覚えろ。逃げて済むもんなら、それに越したことはねぇ。あーあ。茜さんに黙って見守ってやってくれって言われてたのに、つい、お節介の口を出しちまった。茜さんにゃあ、内緒だぜ」

ふいに、熱い塊が、胸の奥からせり上がってきた。

梅次郎は、慌てて俯《うつむ》いた。

自分を信じてくれた茜に、茜の言葉通り、黙って見守ってくれていた仲間達に、申し訳がなかった。

笑いを含んだ喜平治の声が、聞こえた。

「馬鹿野郎。男のくせに、何泣いてやがる」

梅次郎は、掌《てのひら》で口を押さえ、嗚咽《おえつ》を堪《こら》えた。

＊　＊　＊

茜は、寺役所からそっと離れた。

喜平治が気づいたように、茜もまた、梅次郎の様子がおかしいと、気になっていたのだ。今宵《こよい》、動くのではないか、と。

喜平治が止めてくれて、よかった。

喜平治は、梅次郎を信じていなかったのではない。梅次郎の性分を深く分かっていたからこそ、案じていたのだ。そうして、梅次郎に手を差し伸べた。

やはり、自分はまだまだだと、茜は思った。人の心とは、なんと厄介なのだろう。

茜は、少し笑って呟《つぶや》いた。

「平さんに、弟子入りでもするか」

翌朝、茜達は、寺役所に集まった。

憑《つ》き物が落ちたような、さっぱりとした顔の梅次郎に、

「姐《ねえ》さん、済まねぇ」

と詫《わ》びられ、茜はぶっきらぼうに惚《とぼ》けた。

「なんの話だ」

「またまた」

梅次郎が剽《ひょう》げた後、面を引き締めて切り出した。

「で、これから、どうする」

茜は、すぐに答えた。

「豊後守様の目的が知りたい」

秋山尼が、訊いた。

「本当に、豊後守様の仕業なのでしょうか。『夜蟬』の一味が、裏切り者を狙っている、ということはありませんか」

茜は頷《うなず》いた。

「それならば、清蓮尼様ではなく辰五郎さんの行方を追うでしょう。誘拐《かどわ》かしという、盗人《ぬすっと》一味にとって何の得にもならず、回りくどい手を使うとも思えない。堅気のお霧さんを差し向ける前に、自分達で動くはずだ。探索の技を持ったものを、抱

えているんですから」

なるほど、という風に、秋山尼が頷いた。

伝えてはいないが、茜は、東慶寺へ駆け込もうとした梓と辰五郎の追手が、「夜蟬」の頭目が差し向けた者達ではないこと、頭目の女で辰五郎の母のお慶が、手下を動かしていたことを、頭目、五左衛門自身から聞かされている。

「夜蟬」でなければ、考えられるのは宇垣豊後守しかない。

つまり、初めから、あの二人を執拗《しつよう》に追っていたのは豊後守で、その指図に従って、お慶が動いた。お慶がお縄になってからは、お霧を使った。そう見ていい。

茜が引っかかっているのは、この執拗さだ。東慶寺門前で刃傷沙汰《にんじょうざた》を起こし、今度は、誘拐かしを働き東慶寺に人を送り込んできた。

「面目を潰《つぶ》された」だけとは、思えない。

「執拗すぎる。そんな気がしませんか」

茜は、呟いた。

喜平治が訊き返す。

「と、おっしゃると」

「お霧さんに白羽の矢が立ったのは、恐らく、偶々《たまたま》じゃない」

梅次郎が顔色を変えた。

「姐さん、どういうこった」

「敵は寺社奉行だ。東慶寺で駆け込みに深く関わっている者を調べるのは容易《たやす》い。そのうちの誰かを動かせる弱みを探したんだろう」

梅次郎が、硬い声で呟いた。

「『誰か』がおいらで、『弱み』がお霧さんって訳か」

桂泉尼が、暗い顔で首を傾げた。

「院代様には、さすがに手が出せませんわね。わたくしも、身内は皆武家、水戸徳川家の家臣ですから、難しいでしょう」

秋山尼が頷いた。

「わたくしは、駆込寺を頼ったことで、親兄弟から縁を切られていますので、身寄りがないのと同じです。茜さんも、御身内はいらっしゃらないのでしたよね」

茜は、ええ、とだけ応じた。

「あっしら寺役人は、一家揃って住まわせて貰《もら》ってますし。寺飛脚もそうだが、梅にゃあ外に、見捨てられねぇ人がいた」

梅次郎が唸《うな》った。

「念入りに仕組まれたってぇことか」

梅次郎は少し躊躇《ためら》ってから、なあ、と問いかける。

「お霧さんの亭主と息子、まさか、もう消されちまってるってぇことは、ねぇか」

きっと、梅次郎はずっと案じていたのだろう。

桂泉尼と秋山尼が、こっそり顔を見合わせた。

茜は、迷いなく答えた。

「それはない」

梅次郎が、縋《すが》るような視線を茜に向けた。

茜は続ける。

「身内を殺《あや》めて、恐れで言うことを聞かせようとするのなら、お霧さんの目の前で手に掛けているはずだ。あちらは随分な手間を掛けて、お霧さんをこちらへ送り込んだ以上、お霧さんに、清蓮尼様の確かな行方を探らせようとする。そのための人質だ。清蓮尼様を本当に見つけるまで生かしておかなければ、意味がない」

そうだよな、と梅次郎がほっとしたように頷いた。

茜は、呟いた。

「そこまでして、清蓮尼様を捜さなければいけない理由《わけ》が分かれば、豊後守様を追い詰められるかもしれない」

桂泉尼が、戸惑った声を上げた。

「寺社奉行様を、追い詰めるんですの」

「ええ。退けるだけで済ませては、また同じことの繰り返しだ。今度は誰が巻き込まれるか、分からない。間違いなく、豊後守様を大人しくさせる要があります」

「おっかねぇなあ、姐さん」

梅次郎が、にやりと笑った。まだその笑みは硬かったが、いつもの梅次郎が帰ってきたようだった。

秋山尼が呟く。

「清蓮尼様に、何かお心当たりは、ないでしょうか」

茜は、仲間達を見回した。

「清蓮尼様に、話を伺おうと思います」

梅次郎が言った。

「姐さんなら、誰がこっちの動きを探ってたって、その裏をかける」

皆が揃って頷いた。

茜は言い添えた。

「それから、少し確かめたいこともあるので、幾日か留守をします」

桂泉尼が、自らの腕を、ぽん、ぽん、と軽く叩《たた》いた。

「その間の警固は、お任せくださいませ」

秋山尼が、すまし顔で茶々を入れた。

「それは大変。茜さんの代わりをなさるなら、お饅頭《まんじゅう》を頂いている暇なぞ、ありませんね」

皆が笑った。

梅次郎も、明るく笑っている。

茜は、胸にじんわりと広がる安堵《あんど》と嬉《うれ》しさを、そっと噛《か》み締めた。


東慶寺から北へ暫《しばら》く向かった先、鬱蒼《うっそう》と広がる森の奥に、その庵《いおり》はあった。

名も付けず、訪ねる者の姿もない小さな庵で暮らすのは、清蓮尼と辰五郎二人のみ。法秀尼は、信の置ける者を選んで、下働きとして二人に付けようとしたが、辰五郎が断った。

暫くは、誰の目にも触れない方がいいと、辰五郎は考えているようだった。

茜は庵へと続く細い道を避け、木々の間を縫って庵へ向かった。

庵の裏手、よく手入れをされた畑へ出たところで、殺気を感じ、飛び退《すさ》る。

茜のすぐ側で、匕首《あいくち》の刃《やいば》が空を切った。

茜は、ちらりと笑った。

辰五郎も、ほっとしたように笑った。

「茜さんでしたか。脅かさないで下さい」

匕首を仕舞いながら、辰五郎が言う。

「それは、こちらの台詞《せりふ》です。相変わらずの冴《さ》えですね」

辰五郎は、涼やかに笑った。

匕首の技は、少しも鈍っていないが、顔つきは随分と穏やかになった。

「姉ですか」

辰五郎が訊《き》いた。

「ええ。お元気でいらっしゃいますか」

「元気ですよ。今までで一番、活《い》き活きしているんじゃないかな」

楽し気に答えながら、庵へ声を掛ける。

「姉さん、茜さんがいらしたよ」

すぐに、白い尼僧頭巾《ずきん》に青鈍《あおにび》色の法衣《ほうえ》を纏《まと》った清蓮尼が飛び出してきた。

「茜さん」

弾んだ声で、駆け寄って来る。

茜は、くすりと笑って辰五郎に囁《ささや》いた。

「本当だ」

辰五郎も、おどけた笑みで応じる。

「でしょう」

「まあ、二人で何の話」

茜は、清蓮尼に頭を下げた。

「お元気そうで何よりです」

隅々まで丁寧に掃除がされた清々《すがすが》しい部屋に通され、茜は庵の中を見回した。縁側には、薬草と、薬草を潰《つぶ》す薬研《やげん》が置かれていた。

「薬ですか」

茜の問いに、清蓮尼が嬉しそうに頷《うなず》いた。

「弟に教わりながら森で薬草を探すのが、楽しくて。香りがいい薬草は、薬味にもなりますので」

「お二人きりで、御不自由はありませんか」

「何も。近くには小川がありますし、辰五郎が庭の周りの枝を落として陽を入れてくれましたので、野菜も良く育ちます。今から頂くのが楽しみで。ねぇ、辰五郎」

辰五郎が、笑いながらぼやいた。

「姉さんが、こんなに食いしん坊だとは思わなかった」

「だって、鎌倉の野菜は、とてもおいしいんですもの」

本当に、清蓮尼は幸せなようだ。そして、姉への想いを胸に秘めた辰五郎も、満たされた目をしている。

こういう恋慕の形もあるのだな。

茜は、思った。

「それで、何かありましたか」

ふいに、辰五郎が訊いた。

清蓮尼が、きゅっと唇を噛んだ。狼狽《うろた》えも怯《おび》えも見せないのは、穏やかな暮らしの中でも、覚悟はしていたからだろう。

辰五郎は、茜に重ねて確かめた。

「しばらくは、互いの行き来はしない方がいい。その取り決めをおしていらしたのは、何かあったからなのでしょう」

茜は、小さく頷いて、今までの経緯《いきさつ》をかいつまんで伝えた。

清蓮尼は、青い顔をしていたけれど、変わらず落ち着いた様子で茜に詫《わ》びた。

「沢山の方々を巻き込んでしまいました。お詫びの仕様もありません」

茜は、静かに告げた。

「少なくとも、東慶寺は『巻き込まれた』とは思っていません。尼様方は皆、尼僧同士、大切な仲間だと気にしておられますよ」

そうですか、と、清蓮尼は嚙み締めるように呟《つぶや》いた後、真っ直ぐに茜を見つめた。

「私に出来ることは、ありますか」

「勿論《もちろん》です」

「姉さん」

即座に答えた茜と、辰五郎が姉を諫《いさ》める声が重なった。

茜は、苦笑交じりで辰五郎を宥《なだ》めた。

「心配いらない。話を聞きたいだけだ」

清蓮尼が、困り顔で詫びる。

「弟が、失礼を。どうぞお許しください。どんなことでもお話ししましょう」

「お辛《つら》いことを、思い出して頂くことになります」

「構いません。今が穏やかですから」

茜は、一息ついてから切り出した。

「豊後守様が清蓮尼様を狙う理由《わけ》を、ご存じではありませんか」

清蓮尼は、束の間視線を心許《こころもと》なげにさ迷わせたが、すぐに落ち着いた顔で訊き返した。

「それは、逃げた私を許さぬ、ということとは、別の理由ですか」

察しがいいな。

茜は、密《ひそ》かに感心しながら頷いた。

「はい。それだけの理由にしては、手が込んでいます。先日の追手、辰五郎さんが仰《おつしや》っていた通り、母御が送り込んだ者共でしたが、豊後守様が母御に御指図をされたのではないか、と」

辰五郎が、怒りに燃える目をして呟いた。

「茜さんの読みなら、間違いない」

そこで、と、茜は話を進めた。

「豊後守様に、お会いになったことは」

豊後守から逃げ出した夜のことを思い出したのか、清蓮尼が、震える手で自らを抱き締めた。

「姉さん」

心配そうに辰五郎が姉を覗《のぞ》き込む。

青い顔で、清蓮尼は少し笑って弟に頷きかけた。それから茜へ「いえ」と首を横へ振った。

「八軒町の家へ入るまで、お目にかかることはありませんでした。そしてあの夜、お会いする前に辰五郎が助けてくれたので」

「そうですか」

茜は低く呟いてから、再び訊いた。

「では、八軒町の家へいらした時、何か変わったことはありませんでしたか」

清蓮尼が首を傾げる。話すごとに、心が落ち着いてきているようだ。

「さあ、ほんのわずかな時でしたので——。ああ、そういえば」

ふと思い出したように、清蓮尼が声を上げた。

「殿方が二人、何やら言い争っておいででした。恐らく、話しぶりから、どちらもお武家様」

それだ。

茜は、逸《はや》る気持ちを落ち着けた。

清蓮尼――梓が豊後守と関わったのは、八軒町の家にいたわずかな間しかない。そこで、何かが起きた。言い争いをしていた武家のひとりは、家の主《あるじ》、豊後守。今ひとりは、誰だろうか。

「何を言っていたか、思い出せませんか」

「すみません、自分のことで精一杯でしたし、話し声は酷《ひど》く遠かったので」

詫びながらも、必死で思い出してくれているようだ。

茜は、静かに待った。

ようやく、迷いながら清蓮尼が呟いた。

「おひとりは、何かを捜していらしたのかもしれません。何かを、『どこへやったのか』と、訊《たず》ねていました。もうおひとりが、『次は、もっとあかい』とおっしゃっていたような。御身分は、あかいとおっしゃった方の方が高いようでしたが、もうひとりの方は、慇懃《いんぎん》無礼というか、その実、お相手を見下している口ぶりだったような気がします」

辰五郎が、茜を見ている。茜は辰五郎に頷《うなず》きかけた。

きっと、その遣《や》り取りを聞いたせいで、清蓮尼は豊後守に執拗《しつよう》に追われているのだ。

茜は、清蓮尼に告げた。

「今の話は、誰にもおっしゃらないよう」

清蓮尼は、「はい」と真剣な目で応じてから、あの、と茜に訊《き》いた。

「少しは、お役に立てたのでしょうか」

ええ、と茜は笑った。

「助かりました。これで光が見えてくるかもしれない」

「まあ、よかった。ねぇ、辰五郎」

邪気の欠片《かけら》もない笑みを浮かべ、辰五郎がほんの少し、くすぐったそうな顔をした。

念入りに隠していた恋慕が、ほんの一欠片、外に零《こぼ》れた刹那《せつな》だ。

ああ、桂さんが言っていたのは、これか。

辰五郎は、清蓮尼を見て笑っている。

切ない幸せだな。

茜は、胸の裡《うち》で呟いた。


清蓮尼の庵《いおり》を出た足で、茜は江戸へ向かった。

目指すは、宇垣豊後守の下屋敷だ。石高が低いとはいえ、譜代大名で寺社奉行を務めているとなれば、当主の居所で、家臣や人の出入りの多い上屋敷の警固は堅く、家中の目も当主に向いている。後ろ暗い策謀を密かに練るにしても、誰かと会う算段をするにしても、不向きなはずだ。

比べて、下屋敷は、ゆったりと過ごすための別邸で、家臣の数も上屋敷ほどではない。悪巧みなら、下屋敷を使うだろう。

宇垣家は、財政が厳しいと聞いていたが、下屋敷は大層贅沢《ぜいたく》なつくりだった。永《えい》代橋《たいばし》を東へ渡ったすぐの場所で、隅田川の花火が、良く見えるように工夫されていた。

茜が潜んで三日、俄《にわ》かに下屋敷が慌ただしくなった。

隅田川では、今年もそろそろ仕舞いの花火が、上がり始めていた。

藍《あい》の夜空を、赤く染める光、少し遅れて、腹に響く大きな音、ばらばらと、火薬が燃える細かな音が響く。

そんな中、下屋敷を預かる用人が、主を迎えた。

瀟洒《しょうしゃ》な駕籠《かご》から降り立った男は、小柄で色白、目尻《めじり》と眉尻《まゆじり》が下がっているせいで、優し気に見える。年の頃は、三十四、五と言ったところ。

宇垣豊後守だ。

豊後守は、すぐに僅《わず》かな供を連れ、頭巾《ずきん》で顔を隠し屋敷を出た。向かった先は両国広小路の出会い茶屋だ。

茜は、出会い茶屋の入り口で様子を探っている水戸徳川家の間者を尻目に、塀を越え、豊後守を追った。

豊後守が通された部屋で待っていた、四十絡みの男の顔を見て、茜は、舌打ちを堪《こら》えた。

こいつだったか。

すぐに始まった、二人の険悪な遣り取りを余さず聞いてから、茜は茶屋を出、鎌倉へ向かった。

夜明け前、茜は東慶寺に戻り、その足で法秀尼の居室へ向かった。

法秀尼は既に身支度を済ませていて、茜を自室へ迎え入れた。警固の桂泉尼の姿がない。

「ご苦労でした」

労《ねぎら》った法秀尼に頭を下げ、茜は訊ねた。

「桂さんは、どうされておいでですか」

茜が訊くと、法秀尼はにっこりと笑って答えた。

「茜の留守で、張り切り過ぎてしまっての。わたくしの息が詰まるので、夜は自室で床をとるよう、命じました。朝餉《あさげ》に間に合うよう、来ればよいと」

平時は、茜も法秀尼の居室の隣で、床をとって休んでいる。だが、眠りは浅くしているので、不審な気配があればすぐに動ける。

桂泉尼は、元々薙刀《なぎなた》の使い手だ。茜との鍛錬で、めきめきと腕を上げてもいる。なまじな武士より頼りになるが、法秀尼の側を離れてしまっては元も子もない。ましてや今は火急の時だ。

「昼夜を問わず、桂さんをお側にお置き下さいと、あれほどお願いいたしましたのに」

「大事ない」

頼みごとをする折の笑みと並んで、法秀尼のこの「大事ない」も無敵なのだ。

いざとなったら、この一言で押し通す。

「法秀尼様」

茜は、厳しい顔を作って、主の名を呼んだ。

法秀尼が、困り顔で溜息《ためいき》を吐いた。こういう顔は、年若い娘よりも邪気がない。

「そうは申しても、のう。眠気覚ましにと、夜更けに饅頭《まんじゅう》をつまんでおるのでは、桂の身が案じられる」

やれやれ、と茜は苦笑いを零した。

やはり、このお方は無敵だ。

「では、せめて交代で尼様をお置き頂き、いざとなったら桂さんを呼びに走らせて下さい」

穏やかな面が、すっと引き締まった。

「また、松岡を離れますか」

茜は、返事の代わりに告げた。

「豊後守様の内通者が、分かりました」

はっと、法秀尼が茜を見た。

「誰ぞ」

「水戸徳川様右筆《ゆうひつ》、平利右衛門《たいらりえもん》」

法秀尼の目が、厳しさを増した。

苦々しさと憤りの入り混じる声音で、法秀尼は呟《つぶや》いた。

「右筆、とはな」

右筆は、武家の当主が交わす文書の代筆をし、取次をする家臣だ。当主の側近くにあって、重要な文書を手掛けるため、主家の内証を詳細に知り得る立場にある。

その為、公私に渡り、様々なことを制限されることも多い。

法秀尼は、続けた。

「確かに、右筆の役にある者ならば、頷けるが」

時は夏、梓が東慶寺へ駆け込んだ騒動の、少し前まで遡《さかのぼ》る。

*

「水戸徳川様の御内証が、漏れているのですか」

茜は、法秀尼に訊《き》き返した。人払いをした法秀尼の居室だ。

苦々しい面で、法秀尼が頷《うなず》いた。

「しかとした証《あかし》はまだ得られておらぬが、そうとしか思えぬそうです。家中の人事を前もって承知し、接触を図ってきた者がおるそうな」

「その者とは」

「寺社奉行、宇垣豊後守殿」

厭《いや》な、虫の報《しら》せがした。

法秀尼が告げる。

「江戸詰め家老の小田島《おだじま》から、知らせが届きました。豊後守殿に内証を漏らしておる者が誰か、内々に調べを進めているがまだ摑《つか》めぬ。相手は寺社奉行、何かの折に我が寺とも遣《や》り取りがあるかもしれぬゆえ、内通者のこと、松岡御所でも承知おかれたし、とな」

江戸詰めの家老、小田島久兵衛《きゅうべえ》は、東慶寺と水戸徳川家の遣り取りを一手に引き受けてくれている家臣で、法秀尼とも懇意にしている。茜も法秀尼の文を密《ひそ》かに届けた時に会っているが、眼光鋭く隙の無い、目の前にいて少しも気の抜けない男だ。

茜のことを胡散臭《うさんくさ》い目で見ることもなく、鷹揚《おうよう》に対してくれるのが、これから続くだろう付き合いの為には、有難かった。

法秀尼が、考えながら呟いた。

「豊後守殿に関しては、良い噂を聞かぬ。何の前ぶれもなく寺社奉行に抜擢《ばってき》されたことも、気になりますね」

茜は、言葉を選びながら応じた。

「どちらからか、格別の引き立てがあった、ということでしょうか」

ふ、と法秀尼が笑った。

「遠慮せずともよい。恐らく、水戸徳川の後ろ盾があってこそ、であろう」

「ですが、そうなりますと」

ええ、と法秀尼は頷いた。

「小田島も、そこを案じておる。家中でもとりわけ力のある者でなければ、寺社奉行推挙の後押しなぞ敵《かな》わぬ」

「豊後守様の動静を、少し探ってみます」

法秀尼が、小さく頷いた。

「小田島には、話を通しておきましょう。少しは動き易くなるはずです。茜」

「はい、法秀尼様」

「東慶寺とは関わりない、わたくしの実家のことで、苦労を掛けますね」

いいえ、と茜は笑った。

「関わりならば、充分ありましょう。何と言っても水戸徳川様は院代様の御実家、大きな力添えを頂戴《ちょうだい》しています」

法秀尼は、少し肩の荷が下りた顔で、頷いた。


その後茜は、小田島の助力を得て、寺社奉行推挙の後ろ盾が出来そうな重臣の顔、人となりを、一通り頭に入れた。

一方で、宇垣豊後守が寺社奉行に抜擢された経緯《いきさつ》についても、小田島の調べで分かってきた。水戸徳川家の只今《ただいま》の当主、治紀《はるとし》公の内々の口添えがあったことが知れたのだ。何でも、海防のことで宇垣と大層話が合ったらしいと、小田島は茜に告げた。

「下野国の大名家当主が、海防の話を」

宇垣の国元下野には、海がない。

苦々しい顔で、小田島が頷いた。

「なのに、よく学んでいると、殿は感心なされたのだそうだ」

国元に異国の船が現れるようになったこともあって、治紀公は海防に力を入れている。治紀公と話が合ったのではなく、治紀公の考え方を前もって承知し、話を合わせたのだとしたら。

「小田島様」

茜の呼びかけに、小田島が頷いた。

「海防に纏《まつ》わることも、漏れておるな」

「豊後守様を、詳しく探りますか」

訊《たず》ねた茜に、小田島は少し考えてから、「いや、いい」と首を振った。

「お前は、姫様、いや、法秀尼様の御側にいて差し上げるように」

*

水戸徳川家では、密かに内偵が進んでいる筈《はず》だ。その最中、東慶寺と豊後守との揉《も》め事に水戸徳川家を巻き込み、万が一にも、小田島の動きを豊後守に知られることが、あってはならない。

だから、法秀尼も茜も、小田島に助力を頼まなかったのだ。

法秀尼は、茜に訊ねた。

「豊後守殿と平は、どんな話をしていた」

「それが」

茜が口ごもると、法秀尼が首を傾げた。

「茜」

再び促され、茜は告げた。

「女です」

法秀尼が、目を丸くした。

茜は、溜息《ためいき》を堪《こら》えて伝えた。

平は、豊後守の妾《めかけ》に執心だった。豊後守自身が平に宛がった、梓の前の女だ。

豊後守は、病を得た妾を去らせ、若く美しい梓を手に入れた。

女癖が悪いと言われる男らしい、やり様《よう》だ。

ところが、平は前の妾にすっかり心を奪われていた。

なぜ、女を替えようとしたのか。その若い女に逃げられたのなら、今からでも前の女を呼び戻してくれと、常軌を逸した目で、豊後守に迫った。

水戸徳川家の右筆は、家中の者含め、人との関わりを厳しく戒められている。決して外へ漏らしてはならぬことを、山ほど見聞きしているからだ。平は、妻を娶《めと》る前に、若くして右筆の座に就いた為、妻子を持つことも禁じられていた。物慣れしていないこともあってか、平は豊後守の妾にすっかり心を奪われてしまった。初心《うぶ》な男の心情が、豊後守は分からなかったようだ。

この話が漏れることを危惧《きぐ》している豊後守に対して、平は、ひたすら「女」を求めていた。

豊後守としても、前の妾を呼び戻す訳にはいかなかった。前の妾は肺の病――労《ろう》咳《がい》だ。労咳は、伝染《うつ》る。妾の病を下手に伝えれば、平は、患った女子を捨てたのかと、豊後守を詰《なじ》るだろう。

二人の言い合いは歩み寄る気配がなく、物別れに終わった。

恐らく、これと似たような諍《いさか》いを、梓がいた家でもしたのだ。

平が「どこへやったのか」と問い詰めたのは、物ではなく前の妾のことで、「次は、もっとあかい」は、もっと若い、つまり梓のことだった。

そうして、逃げた梓がその遣り取りを耳にしたと思い込み、豊後守は梓を襲った。

執拗《しつよう》になるはずだ。

徳川御三家の重臣の人事や海防、大切な内証を平から聞き出し、治紀公を謀って寺社奉行の座に就いたことが知られれば、いかな譜代大名といえど、身の破滅だ。

茜の話を聞いた法秀尼が、哀し気な溜息を吐いた。

「若き折から右筆を任され、長年勤めてきたというのに。何と、愚かな」

まったくだ、と茜も思った。

沢山の人を巻き込み、危難に晒《さら》した騒動の発端が、右筆という要職に就いている者の色恋沙汰《ざた》とは。四十の声も聞こうという男が、色恋沙汰の為に主家を売り、危うい立場に立たされても、なお夢中とは。

法秀尼は、茜に訊《き》いた。

「このこと、小田島には」

「お伝えしてまいりました」

「動くであろうな」

「はい」

法秀尼は、考え込んだ。

「となれば、わたくしが知らぬ振り、では通るまい。お霧の夫と子の無事も気になるところだ。豊後守殿と事を構えるやもしれぬが。よいですね、茜」

「院代様の御心のままに」

法秀尼は、微笑んだ。

「策は」

茜は、応じた。

「ないことも、ございません。正直、あまり褒められた手ではありませんが」


茜は、水戸徳川家上屋敷、小田島の居室を密《ひそ》かに訪ねた。

「御家老様」

広縁から声を掛けると、「入りなさい」と低い応《いら》えがあった。

小田島の居室にも、その周りにも、小田島の他の気配がないことを確かめ、茜は部屋へ入った。

生真面目な顔で、小田島が告げる。

「お前には、要らぬ世話だったやもしれぬが、人払いをしておいた。そろそろ戻る頃かと思ってな」

茜は、軽く頭を下げた。

「ご配慮、助かりました。時が惜しゅうございますので」

うむ、と小田島が頷《うなず》く。

「して、お前が申しておった策を、姫様はお許し下されたか」

小田島は時折、法秀尼を「姫様」と呼ぶ。未《いま》だ主家の姫君として法秀尼を案じる小田島の心根が、透けて見えるようだ。

茜は、込み上げてきた微笑ましさを呑《の》み込み、「はい」と答えた。

「では、始めようか。こちらの支度は、すっかり整えてある」

茜は、黙って頷くことで答えた。

すぐに、右筆が控える間へ向かった。平当人の他の人気はなく、小田島が自らの居室と同じように、手を回していてくれたのだと、察した。

茜は、周囲の気を注意深く探りながら、障子越しに平へ声を掛けた。

「な、何者」

平の声は、上擦り、震えていた。

「お静かに。豊後守様の使いの者にて」

部屋の内で、小さく息を呑む気配がした。

「どうやって、入ってまいった」

厳しい声。茜は低い早口で告げた。

「人を遠ざけてありますが、長くはもちません。これを」

茜は、障子をほんの僅《わず》か開けて、文を差し出した。小田島が、茜の策に合わせ支度してくれていた、「豊後守から平に当てた密書」だ。

まったく、手回しがいい男だ。敵にはしたくない。

もどかし気に文を開く音。

すぐに、上擦り、弾んだ声で平が確かめた。

「これは、真《まこと》か」

「はい」

「委細承知と、お伝えを。海防の日誌くらい、幾度でもお持ちしよう」

熱の入った返答に、茜は応じた。

「承知 仕《つかまつ》りました」

ふと、平が「だが」と呟《つぶや》いた。

「宇垣様は、急にどうされたというのだ。昨夜お会いしようとしたが、大掛かりな出役の支度で慌ただしいと、断られたばかりなのに」

出役は、役目のために外へ出張ることを指す。

ひんやりとしたものが、胃の腑《ふ》を撫《な》ぜて過ぎて行った。

豊後守の動きが、思ったより早い。何か起きたのか。

茜は、せり上がってきた焦りを押し込めて、平の独り言を聞き流し、告げた。

「主《あるじ》よりの報《しら》せ、しかとお届けいたしました」

平が、再び熱に浮かされたような声で、茜に応じた。

「ご苦労だった」

水戸徳川家上屋敷を出て、茜は宇垣豊後守の役宅へ急いだ。

そこには宇垣の姿も、寺社奉行配下の役人たちの姿も、なかった。

＊　＊　＊

桂泉尼が、中門外、階段の下で黙々と小太刀を振っている。いつも茜と鍛錬をしている場所だ。

「精が出やすね」

声を掛けた梅次郎へ、桂泉尼は手を止めずに笑い掛けた。

「夜更けに頂いた饅頭《まんじゅう》の分、働きませんと」

梅次郎は、くすくすと笑いながら訊いた。

「姐《ねえ》さんは、まだですかい」

桂泉尼が小太刀を仕舞い、答える。

「今朝方早く一度お戻りになり、院代様とお話ししてまたすぐ出かけられたようです」

「まったく、働き者《もん》だなあ、姐さんは」

軽口で応じながら、梅次郎は落ち着かない気持ちを抑えた。

梓の行方を必死に聞き出そうとしていたお霧が、ふいに静かになった。

いよいよ、豊後守と一戦交えるか、という今、東慶寺はやけに穏やかだ。

梅次郎は、昨日の夕暮れ時、表御門の外を走る飛脚の姿を見かけた。裏門の方へ向かったが、「柏屋」に用でもあったのか。いや、通り過ぎて行っただけかもしれない。

この落ち着かなさは、きっと茜がいないせいだ。

姐さん、早く帰って来てくれよ。

梅次郎は、自分を落ち着かせるように、心中で呟いた。

＊　＊　＊

七つ過ぎ、日が西へ傾き始めた頃。

慌ただしい足音に、法秀尼は目を通していた駆け込みの文書から顔を上げた。

側にいた桂泉尼が、さっと面を引き締めた。

すっかり顔色を失った若い尼僧が、部屋に面した広縁に、息を切らして跪《ひざまず》いた。

桂泉尼が、普段《ただ》のおっとりした人となりとは別人の、実家にいた頃のような厳しさで、尼僧を質す。

「何事です。騒がしい」

「い、院代様、一大事でございます」

若い尼僧が、震える声で続けた。

「寺社奉行様が、寺社奉行様にっ」

「落ち着きなさい」

法秀尼が宥《なだ》めると、尼僧は一度唾《つば》を呑み込み、告げた。

「寺社奉行様が出役なされました。盗人《ぬすっと》『夜蟬』の一味を差し出さねば、境内へ踏み込むと仰せです。御所の周りは、捕り方で囲まれています――っ」

「なりません、院代様。姫様――っ」

必死で止める桂泉尼に構わず、法秀尼は中門を出た。

法秀尼に気づいた喜平治が、駆け寄って来る。

「院代様、こちらは危のうございます」

「大事ない」

法秀尼は、喜平治に笑い掛けてから、表御門へ目をやった。

外には、物々しい姿の捕り方が、行き来している。

門番達が六尺棒を構え、表御門から外をけん制している。こちらに向けた背中から、決死の覚悟が伝わってきた。

「御用宿は、どうなっています」

御用宿には、東慶寺の裁定を待っている女達が、そして、豊後守の企《たくら》みにかかわったお霧がいる。

法秀尼の問いに、喜平治が答えた。

「あっという間に囲まれてしまいましたので、知らせが出せませんでした。好兵衛さんのことですから、他の二軒にも上手《うま》く指図を出してくれてるとは、思いますが」

続いて、梅次郎が駆けつけた。法秀尼に頭を下げてから喜平治へ告げる。

「だめだ、出られねぇよ、平さん。鼠が通る穴もねぇ」

そうか、と沈痛な面持ちで喜平治が応じる。続いて、法秀尼の側でぬかりなく小太刀を構えた桂泉尼に目を向けた。

「茜さんは」

「まだ、お戻りになっていません」

「ったく、この忙しい時に限って、姐さんがいねぇなんて。一体、どこで油売ってんだ」

梅次郎の不平も、いつもよりぎこちない。

法秀尼は、二人の男に頷《うなず》きかけた。

「茜に頼ってばかり、という訳にもいくまい」

言い置き、法秀尼は表御門に向かって進んだ。

桂泉尼が血相を変えて、法秀尼の行く手を遮る。

「いけません、姫様、どうか」

中門から、秋山尼を先頭に、尼僧と寺で預かっている女達が出て来るのが見えた。

「わたくしが出ねば、収まらぬ」

「ですが、御身に何かありましたら一大事でございます。奥へお戻りください」

「桂」

法秀尼は、長年付き従ってくれた頼もしい尼僧を呼んだ。

「ここは、わたくしが守るべき場所。皆が懸命に守ってくれておるのに、わたくしが逃げ隠れして、どうする」

「院代様」

「法秀尼様」

喜平治と梅次郎、寺役人、秋山尼と女達が、口々に法秀尼を呼んだ。

一心に慕ってくれるその顔をひとりずつ見返してから、法秀尼は告げた。

「女子《おなご》は、すぐにお戻りなさい。秋、皆を纏《まと》めるように。中門より内は、男子禁制。しっかり頼みましたよ」

秋山尼が、「畏《かしこ》まりました、法秀尼様」と頭を下げた。

「さあ、院代様の御指図に従いましょう」

きりりとした顔で女達を促し、踵《きびす》を返す。女達が頷き合い、法秀尼に一礼して、秋山尼に続いた。

秋山尼も、他の女達も、乱暴を働く男子《おのこ》は、恐ろしいだろうに。

法秀尼は、気丈な女達を、有難く、頼もしく思った。

表御門のすぐ内に立つと、門番達が、気遣わし気な目をしながら、構えていた六尺棒を解いた。

法秀尼を守るように、梅次郎や喜平治たちが、側を固めた。

捕り方が、法秀尼を見るや、手にした六尺棒を向けた。

門番が、捕り方に向かって、一度下げた六尺棒を構え直す。

桂泉尼が凛《りん》とした声を上げた。

「無礼な。手にしておる物を、今すぐ下げよ」

法秀尼は、静かに訊《たず》ねた。

「一体これは、何の騒ぎです」

「ようやく、お出ましですかな」

場違いなほど上機嫌な物言いで現れたのは、陣笠《じんがさ》陣羽織、野袴《のばかま》に身を包み、采配《さいはい》を手にした大仰な姿の侍だ。

「豊後守殿か」

法秀尼の言葉に、宇垣豊後守が、慇懃《いんぎん》な仕草で頭を下げた。

「寺社奉行を拝命しております」

法秀尼は、東慶寺を取り囲んでいる捕り方をちらりと見、視線を豊後守に戻した。

「わたくしに御用でしたら、このような御手をかけずとも、お呼びいただけたらすぐにお目にかかりましたものを」

にっこりと、豊後守が微笑んだ。

優し気な風貌《ふうぼう》の、目だけが獲物の様子を覗《うかが》う蛇のように、てらてらと光っている。

「用があるのは、院代殿、あなたではありません」

「ほう」

口許《くちもと》に、笑みの匂いのしない笑みを刷《は》いたまま、豊後守が告げた。

「この寺に匿《かくま》っている賊を、差し出して頂きたい」

「賊、ですか」

「ええ。江戸を騒がす『夜蟬』なる盗賊一味の、辰五郎と申す男です」

法秀尼は、豊後守に笑みを返した。

「折角ですが、そのような者には覚えがありませぬ」

法秀尼の言葉が聞こえなかったように、豊後守は言った。

「差し出して頂ければ、女子ばかりの中門の内まで踏み込むような無体はいたしませぬゆえ、大人しく引き渡された方が、御身の御為かと」

桂泉尼が、厳しい面持ちで一歩前へ出た。

「院代様を、脅すおつもりですか」

法秀尼は、桂泉尼を宥《なだ》めた。

「よい」

それから、豊後守に告げる。

「もとより、中門より内は、男子禁制。豊後守殿も、配下の方々も足を踏み入れることは、敵《かな》いませぬ」

「寺社に逃げ込んだ咎人《とがにん》の探索は、寺社奉行の任でござる。たかが、一尼寺の寺法よりも重きが置かれ申す。おお、たかが、とは言葉が過ぎました。許されよ」

法秀尼は、忙しく頭を巡らせた。

豊後守が狙っているのは清蓮尼、梓だ。辰五郎は、踏み込むための口実に過ぎない。

ではなぜ、梓と辰五郎が境内にいると踏んだのか。

ここまでするのだ。確信があってのことだろう。

何が、豊後守を動かしたのか。

「証《あかし》は」

「証、でござりますか」

「御役目という大義を盾に、尼寺を荒らすと仰せなら、確かに辰五郎とやらを、我らが匿っているという、証はお持ちでございましょう」

ひんやりと、豊後守が言い返した。

「それは、探索を行えば、明らかになるかと」

法秀尼は気づいた。

豊後守は、どうあっても境内に踏み込む気だ。辰五郎探索を口実に境内を荒し、どさくさに紛れて、梓を葬るつもりでいる。

決して。

法秀尼は、強く心に誓った。

決して、一歩たりとも、東慶寺にこの輩《やから》を入れてはならぬ。

二人がここにおらぬことを悟られてもならぬ。知られれば、山狩りが始まる。これだけの配下が捜せば、瞬く間にあの庵《いおり》は見つかる。逃げよ、と伝えることもできぬ。

にやりと、豊後守が嗤《わら》った。

「たかが尼寺、でござる。姫様。長き時を振り返ってみれば、あるいは、密《ひそ》かに男を引き入れた尼もいたことでござりましょう。尼寺の寺法なぞ、所詮《しょせん》はそれほどのもの。下らぬ咎人の為に強情を張り、御実家の体面に傷をつけては、なりませぬぞ」

言い返さない法秀尼をどう思ったか、豊後守が、得意げに采配を振り上げ、下ろした。

「かかれ」

捕り方が、一斉に動いた。

「下がりゃ、慮外者」

法秀尼は、身に宿る力をすべて込め、叱りつけた。

踏み込もうとしていた捕り方が、気を吞《の》まれたように後ずさった。豊後守も、たじろいだ顔で法秀尼を見つめている。

激しい怒りで、眩暈《めまい》がした。

「たかが、尼寺と申したか。東照大権現家康公《とうしょうだいごんげんいえやす》にご守護頂き、先達の住持、院代が長きに渡ってお守り下された寺法、境内ぞ。汚《けが》れた考えしか持てぬ、うぬらの汚れた身、もしこの境内に少しでも入れたなら、覚悟するがよい。たとえわたくしの代でこの東慶寺が退転することになろうと、うぬらを決して、許しはせぬ。そうでなければ、代々の住持、院代の皆様に、申し訳が立たぬ」

「おのれ――」

震える声で、豊後守が唸《うな》った。

蛇のごとき双眸《そうぼう》に、冷たい焔《ほのお》が揺らめいているようだ。

荒々しい足取りで二歩、豊後守が法秀尼に近づいた時、傾いた陽の光を裂いて、黒い影が豊後守と法秀尼の間に割って入った。

「姐《ねえ》さん」

「茜さんっ」

梅次郎と桂泉尼の声が、重なった。

茜は、背で法秀尼を庇《かば》いながら、小太刀の切っ先を豊後守の喉元《のどもと》に突き付けていた。

後ろを振り返ることなく、法秀尼に告げる。

「院代様、遅くなりました」

「むしろ早いくらいです、茜。よく戻りました」

法秀尼の言葉に、茜が少し笑ったのが分かった。

法秀尼は、無性に茜の瞳《ひとみ》が見たいと思った。

きっと、陽の光を受け、美しい鋼色に輝いているだろう。

ぎり、と豊後守が歯を軋《きし》らせた。

「動くな」

茜が、ぴしりと豊後守の配下をけん制した。

「主《あるじ》の喉から、血が噴き出すぞ」

「貴様」

豊後守が唸った。

「誰に刃《やいば》を向けておるか、分かっているのか」

茜が冷ややかに応じる。

「院代様と松岡御所に仇《あだ》なす、賊だ」

「その者の申す通りでござる、豊後守殿」

ふいに割って入った涼やかな声へ、皆の視線が一斉に向かった。

豊後守と揃いの装束に身を固め、見ただけで一騎当千ぶりが分かる侍を従えた立ち姿は、声と同じくらい凜《りん》として、涼やかだった。三十よりも手前、豊後守よりも年若だ。

法秀尼は、茜に確かめた。

「茜。あのお方は」

「寺社奉行、大久保安芸守《おおくぼあきのかみ》様にございます」

法秀尼も、その華やかな評判は耳にしていた。

大久保安芸守忠真《ただざね》。相模国《さがみのくに》譜代大名、大久保家の家督を十六で継ぎ、奏者番を経て寺社奉行の座に就いてから既に幾年も経つ。俊才の誉れ高く、いずれは老中にもなろうと目されている。

豊後守よりも若年ではあるが、誰もが認める才覚と経緯《いきさつ》を以《も》って幕閣に参入したこと、石高、寺社奉行を務めた歳月、どれをとっても、格上、上席《じょうせき》にあたる。

安芸守は、物々しい捕り方に目を向け、眉《まゆ》を顰《ひそ》めた。

「豊後守殿。まずは捕り方を、門前より下げなされ」

豊後守は、忌々し気な顔で黙りこくっていたが、「豊後守殿」と再び促され、しぶしぶ、と言った体で、捕り方を表御門から去らせた。豊後守の傍らには、数人ほどの配下の侍が残った。

東慶寺を囲んでいた者達がすっかり消えたのを見て、茜が豊後守から離れ、法秀尼の側へ戻る。

安芸守が、茜に向かってひとつ頷《うなず》いてから、豊後守に向かった。

「貴殿が、松岡御所を騒がせていると聞き、馳《は》せ参じた。寺社奉行ともあろう者が、よもや『松岡御所』の由緒、徳川宗家の篤《あつ》い御守護《ごしゅご》を知らぬわけではなかろう。にもかかわらず、この暴挙は、いかなる仕儀か」

容赦ない詰問に顔色を失くしながら、豊後守は言い返した。

「暴挙とは、あまりなお言葉ですな、安芸守殿。某《それがし》は、東慶寺が盗賊の一味を匿《かくま》っているとの訴えに従い、出役したのみ」

安芸守は、冷ややかな目で豊後守を見遣《みや》ってから、配下の侍に目配《めくば》せをした。配下が皆の前に連れ出したのは、怯《おび》えた様子のお霧だ。安芸守を見て、深々と頭を下げる。

安芸守が豊後守に訊《たず》ねた。

「訴えがあったとは、この者の訴えですか」

豊後守の配下が、慌てた様子で主に何やら耳打ちをしている。

豊後守が、狼狽《うろた》えた。

安芸守が、穏やかにお霧を促した。

「先刻、そちが申したのと同じことを、もう一度ここで話せるか」

お霧は震えながら「はい」と頷き、訴えた。

いきなり、亭主と息子を誘拐《かどわ》かされたこと。

無事に返して欲しければ、東慶寺へ駆け込み、「梓」という女の行方を摑《つか》んでこいと言われたこと。

どうしても亭主と息子を助けたくて、「東慶寺の境内で、院代様が匿っている」と、知らせたこと。

「そちを脅したのは、どの者か」

安芸守の問いに、お霧は憤りを込めて、はっきりと答えた。

「あちらの、お侍様でございます」

お霧が目を向けたのは、豊後守に耳打ちをした配下だ。

豊後守が喚《わめ》いた。

「このような町人の女の言を、鵜呑《うの》みにされるのか」

「この者の言葉で、男子禁制の松岡御所に踏み入ろうとしたのは、貴殿ではなかったか」

安芸守に問い返され、豊後守は口を噤《つぐ》んだ。

再び、安芸守がお霧に訊ねる。

「東慶寺の境内で盗人《ぬすっと》が匿われているという話は、真《まこと》か」

お霧は、大きく首を横へ振った。

「あ、あたし、あの。梓って人の行方、梅さんは教えてくれなくて。初めは、梅さんを恨んだけど、お世話になっていた宿で、東慶寺様に駆け込んだっていう、女の人達のやつれた様子を垣間《かいま》見て、思ったんです。経緯《いきさつ》は分からないけど、こういう人達を売るような真似をしちゃいけない。吉原にいた時、さんざ助けてくれた梅さんを困らせちゃいけない。でも、どうしても、うちのひとと坊やを助けたくて、思い余って出鱈目《でたらめ》な知らせを入れました。それが、どこをどう間違って、盗賊、なんて話になったのか――。あたしの出鱈目のせいで、こんな大事になるなんて、本当に申し訳ございませんっ」

わなわなと身体を震わせながら、豊後守が叫んだ。

「知らぬ。儂《わし》は、何も――」

安芸守が、ひんやりと豊後守を遮った。

「知らぬ、と申されるか。まあ、良い。某は一向に構わぬ。今頃は、水戸様が貴殿と内通していた右筆を、貴殿の役宅の前で捕えているであろうからな」

豊後守が茫然《ぼうぜん》と目を見開き、やがて力なく膝《ひざ》を折った。

＊　＊　＊

豊後守が東慶寺に踏み込もうとしてから、七日。

茜は、桂泉尼、秋山尼と共に法秀尼の居室に集まっていた。

桂泉尼は、若い娘の様にはしゃいでいる。

「あの時は、かの天秀尼《てんしゅう》様が、天より降りてこられたのかと思いました」

天秀尼は、家康公の孫娘千姫《せんひめ》の養女だった姫だ。豊臣《とよとみ》の血を引いていた為、家康の命で東慶寺へ送られ、長じて東慶寺の住持となった。

天秀尼が、お家騒動の挙句東慶寺へ逃げ込んだ者を追って境内に踏み込んだ大名家の家臣を叱りつけ、その大名を改易に追い込んだという逸話は、今でも東慶寺の誉れとして、語り継がれている。

「全くです」

茜も笑って頷いた。

秋山尼が口を尖《とが》らせる。

「わたくしも、拝見しとうございました、法秀尼様」

法秀尼が、にっこりと笑って言った。

「では、もし秋の口が過ぎるようなことがあれば、ああやって叱ってみよう」

秋山尼が、慌てて首を振った。

「院代様、それは、どうかお許しください」

くすくすと笑い合った後、桂泉尼がしみじみと言った。

「一時は、どうなることかと思いましたが、すべて丸く収まって、ようございました」

お霧の亭主と息子は、宇垣豊後守の息が掛かった寺に捕えられていたところを、大久保安芸守の配下が見つけ、無事救い出した。

清蓮尼と辰五郎は、変わらず森の庵《いおり》で過ごしている。清蓮尼が、江戸や色々あった父親の許《もと》へ戻ることを拒んだのだ。これからは人の目を気にせず、東慶寺と行き来が出来ることを、清蓮尼は大層喜んでいた。

桂泉尼は、報われない想いを抱えたままの辰五郎を憐《あわ》れんだが、茜はああいう幸せも、きっとあるのだろうと、考えていた。清蓮尼と辰五郎、二人がそれぞれ、自分で出した答えなら、その為の力添えが、周りにいる者の出来ることだろう。

宇垣豊後守の暴挙は、表に出ることはなかった。

豊後守は寺社奉行の職を解かれ隠居、国元に返されることになった。家督を継ぐのは、折り合いの悪かった弟で、安芸守から委細を聞いた老中の念押しもあり、厳しい監視の下で幽閉されるらしい。

水戸家の右筆、平もまた、国元に戻されて蟄居《ちっきょ》閉門。

秋山尼が、茜を見た。

「確かに、すっきりしましたけれど。一体、茜さんはどんな手妻を使われたんですか」

茜は、笑った。

「大したことは、していません。ただ、水戸様と大久保様の橋渡しに、走り回っていただけです」

桂泉尼と秋山尼が、揃って疑わし気な目で見た。

茜は、豊後守よりも、女子《おなご》に目が眩《くら》んでいる平の方が、崩しやすいと踏んだ。

そこで、水戸徳川家家老、小田島に頼んで、それらしい密書を支度して貰《もら》ったのだ。

平の求める女を呼び戻すことにした。水戸徳川家の海防に関わる日誌を持ち出し、役宅まで届けてくれたら、今まで通り女に会わせる。

あっさり平が食いついたまでではよかったが、平から「宇垣が出役する」という、思いもよらぬ話を耳にし、さしもの茜も焦った。

今、豊後守が出役をすると言ったら、東慶寺しかない。

急ぎ、小田島の居室に取って返し、事の次第を知らせた。

丁度小田島の許にも「寺社奉行出役」の報《しら》せが入ったところで、小田島は既に策を立てていた。

水戸徳川家が表立って豊後守と対するのは、よくない。

内証の不始末を明るみに出す訳にはいかぬし、御三家が動いては、事が大きくなりすぎる。

そこで、その人柄と手腕を幕閣から買われている寺社奉行、大久保安芸守に経緯を打ち明け、力を借りることにした。

東慶寺の門前を騒がそうとしている同輩を止めて貰えないか、と。

安芸守は、二つ返事でその役を引き受けた。

安芸守は、素行の悪さが目立つ宇垣を苦々しく思っていた。寺社奉行の職から引いて貰うのが、公儀の為になるだろう、と。

昨日、法秀尼の文を届けに行った際、小田島は、安芸守には義憤のみではなく、冷徹な計算もあったはずだと、茜に告げた。

——あの切れ者の御方なら、この申し出を受け、当家に恩を売っておくが得策と、お考えになったはずだ。我欲ではなく、常に、当主として、御家と領国を守ることに腐心しておいでだ。そしてそれにはどうするのが『得策』か、よく知っておられる。ゆえに、こちらの内証の不始末を外に漏らす心配もまた、初めから考えてはおらなんだ。

茜は、内心で舌を巻いていた。

あの短い間で、大久保安芸守の気性を読み切り、策を立てた小田島こそ、切れ者だ。

「まあ、茜さん、何を笑っておいでなんです」

秋山尼の声に、茜は我に返った。

「何でもありません」

すかさず、桂泉尼が呟《つぶや》いた。

「あら、ずるい」

秋山尼が、小さく溜息《ためいき》を吐いた。

「桂さん、許して差し上げましょう。すんでのところで、ちゃんと戻って来て下すったのですから」

桂泉尼は、ええ、ええ、と頷《うなず》いた。

「法秀尼様へ豊後守様が詰め寄った時、一陣の風のように現れて、法秀尼様を庇《かば》われた、凛々《りり》しいお姿と言ったら。もう、眼福でした」

再び、秋山尼が膨れた。

「桂さんこそ、ずるいではありませんか。もう、桂さんばかり、良いところをご覧になって」

仲のいい尼僧二人の微笑ましい遣《や》り取りと、法秀尼の穏やかな笑みを見ながら、茜は昨日、小田島から掛けられた言葉を思い起こしていた。

――お前が姫様の御側にいてくれるのは、大層心強い。姫様を、頼んだぞ。

茜は、心の中で改めて小田島に応じた。

はい。必ず。何に代えても、法秀尼様をお守りします。

心地いい風が、法秀尼の居室を吹き抜けていった。

本書は書き下ろしです。

縁《えん》切《きり》寺《でら》お助《たす》け帖《ちょう》

姉弟《きょうだい》ふたり

田《た》牧《まき》大和《やまと》

令和2年 1月25日　初版発行
令和6年 11月15日　3版発行

発行者●山下直久

発行●株式会社KADOKAWA
〒102-8177　東京都千代田区富士見2-13-3
電話　0570-002-301（ナビダイヤル）

角川文庫 22004

印刷所●株式会社KADOKAWA
製本所●株式会社KADOKAWA

表紙画●和田三造

●お問い合わせ
https://www.kadokawa.co.jp/（「お問い合わせ」へお進みください）
※内容によっては、お答えできない場合があります。
※サポートは日本国内のみとさせていただきます。
※Japanese text only

ISBN 978-4-04-108443-4　C0193

角川文庫発刊に際して

角　川　源　義

第二次世界大戦の敗北は、軍事力の敗北であった以上に、私たちの若い文化力の敗退であった。私たちの文化が戦争に対して如何に無力であり、単なるあだ花に過ぎなかったかを、私たちは身を以て体験し痛感した。西洋近代文化の摂取にとって、明治以後八十年の歳月は決して短かすぎたとは言えない。にもかかわらず、近代文化の伝統を確立し、自由な批判と柔軟な良識に富む文化層として自らを形成することに私たちは失敗して来た。そしてこれは、各層への文化の普及滲透を任務とする出版人の責任でもあった。

一九四五年以来、私たちは再び振出しに戻り、第一歩から踏み出すことを余儀なくされた。これは大きな不幸ではあるが、反面、これまでの混沌・未熟・歪曲の中にあった我が国の文化に秩序と確たる基礎を齎らすためには絶好の機会でもある。角川書店は、このような祖国の文化的危機にあたり、微力をも顧みず再建の礎石たるべき抱負と決意とをもって出発したが、ここに創立以来の念願を果すべく角川文庫を発刊する。これまで刊行されたあらゆる全集叢書文庫類の長所と短所とを検討し、古今東西の不朽の典籍を、良心的編集のもとに、廉価に、そして書架にふさわしい美本として、多くのひとびとに提供しようとする。しかし私たちは徒らに百科全書的な知識のジレッタントを作ることを目的とせず、あくまで祖国の文化に秩序と再建への道を示し、この文庫を角川書店の栄ある事業として、今後永久に継続発展せしめ、学芸と教養との殿堂として大成せんことを期したい。多くの読書子の愛情ある忠言と支持とによって、この希望と抱負とを完遂せしめられんことを願う。

一九四九年五月三日

角川文庫ベストセラー

表御番医師診療禄1 切開　上田秀人

表御番医師として江戸城下で診療を務める矢切良衛。ある日、大老堀田筑前守正俊が若年寄に殺傷される事件が起こり、不審を抱いた良衛は、大目付の松平対馬守と共に解決に乗り出すが……。

恋道行《こいのみちゆき》　岡本さとる

初めて愛した女・おゆきを救うため、御家人崩れの男を殺した絵草紙屋の若者・千七。互い以外は何もいらない――。逃避行を始めた2人だが、天の悪戯か、様々な事情が絡み合い、行く先々には血煙があがる……！

妻は、くノ一　全十巻　風野真知雄

平戸藩の御船手方書物天文係の雙星彦馬は藩きっての変わり者。その彼のもとに清楚な美人、織江が嫁に来た!?　だが織江はすぐに失踪。彦馬は妻を探しに江戸へ向かう。実は織江は、凄腕のくノ一だったのだ！

身代わり若殿　葉月定光　佐々木裕一

広島藩士の村上虎丸は、ひょんなことから急逝した旗本の若殿・葉月定光の身代わりになるよう命じられる。虎丸は、葉月定光と瓜二つだったのだ！　突然、若殿として生きることになった虎丸は……。

はなの味ごよみ　高田在子

鎌倉で畑の手伝いをして暮らす「はな」。器量よしで働きものの彼女の元に、良太と名乗る男が転がり込んできた。なんでも旅で追い剝ぎにあったらしい。だが良太はある日、忽然と姿を消してしまう――。

角川文庫ベストセラー

はなの味ごよみ　願かけ鍋
高田在子

鎌倉から失踪した夫を捜して江戸へやってきたはなは、一膳飯屋の「喜楽屋」で働くことになった。ある日、乾物屋の卯太郎が、店先に幽霊が出るという噂で困っているという相談を持ちかけてきたが――。

はなの味ごよみ　にぎり雛
高田在子

桃の節句の前日、はなの働く一膳飯屋「喜楽屋」に、降りしきる雨のなかやってきた左吉とおゆう。何か思い詰めたような2人は、「卵ふわふわ」を涙ながらに食べた後、礼を言いながら帰ったはずだったが……。

入り婿侍商い帖　凶作年の騒乱（一）
千野隆司

米商いの幅を広げる角次郎。だが凶作の年、信頼関係を築いてきた村名主から卸先の変更を告げられる。さらに村名主は行方不明となり……世間の不穏な空気と、大黒屋に迫る影。角次郎は店と家族を守れるか？

手蹟指南所「薫風堂」
野口卓

よく遊び、よく学べ――。人助けをしたことから手蹟指南所の若師匠を引き受けた雁野直春。だが彼には複雑な家庭事情があった……「軍鶏侍」「ご隠居さん」シリーズで人気の著者、待望の新シリーズ！

つくもがみ貸します
畠中恵

お江戸の片隅、姉弟二人で切り盛りする損料屋「出雲屋」。その蔵に仕舞われっぱなしで退屈三昧、噂大好きのあやかしたちが貸し出された先で拾ってきた騒動とは!?　ほろりと切なく温かい、これぞ畠中印！

角川文庫ベストセラー